S

Friederike Gräff

Frau Zilius legte ihr erstes Ei an einem Donnerstag

Erzählungen

Schöffling & Co.

Erste Auflage 2025

Einbandgestaltung: Anja Grimm Gestaltung
Einbandmotiv: © Orla
Satz: Fotosatz Amann, Memmingen
Druck & Bindung: GGP Media GmbH, Pößneck
ISBN 978-3-89561-384-5

www.schoeffling.de
info@schoeffling.de

Inhalt

Eier

Frau Zilius legte ihr erstes Ei an einem Donnerstag. Am Mittwoch hatte sie Herrn Möllers entlassen. Es war ihre erste Kündigung gewesen.

»Wir müssen Ihnen leider kündigen, Herr Möllers«, hatte Frau Zilius zu ihm gesagt.

Herr Möllers hatte keine Überraschung gezeigt, es war das zweite Mal gewesen, dass er zu Kunden der Wasserwerke gefahren war und ihnen nahegelegt hatte, die Wasserrechnung bar bei ihm zu bezahlen. Als der erste Versuch bekannt geworden war, hatte er Frau Zilius gegenüber geschwiegen, aber in der Stadt hieß es, dass er mit dem Geld die Spielschulden seiner Frau bezahlt habe.

»Zu wann?«, fragte Herr Möllers.

»Zum Ende des Monats«, sagte Frau Zilius.

»Möchten Sie noch etwas wissen?«, fragte sie. »Können wir etwas für Sie tun?«

Aber Herr Möllers hatte keine Fragen, und er schien nicht zu glauben, dass die Wasserwerke etwas für ihn tun könnten.

Frau Zilius war an diesem Abend früh zu Bett gegangen, und am nächsten Morgen hatte sie auf dem Teppich davor das Ei gefunden. Es war hellbraun, faustgroß, und Frau Zilius war sich bewusst, dass sie selbst es gelegt hatte.

Sie bettete es in die Strümpfe im unteren Fach ihres Kleiderschranks und vermied es, über die genauen Umstände nachzudenken, denn das Körperliche war ihr fremd. Sie aß zwar gerne und hatte mit der Zeit die Form einer Birne angenommen, aber sie hielt einen Abstand zwischen sich und den Menschen, und als ihr Mann sie verließ, hatte er ihr mitgeteilt, dass er endlich körperliche Leidenschaft kennengelernt habe.

Als Frau Zilius am Donnerstag zu den Wasserwerken fuhr, versuchte sie, das Ei zu vergessen. Sie begegnete Herrn Möllers auf dem Parkplatz und grüßte ihn, aber er grüßte nicht zurück.

Sie hatte sich nie gewünscht, Abteilungsleiterin zu werden, sie war zufrieden damit gewesen, die Qualität des Trinkwassers zu prüfen. Doch als der Geschäftsführer sie gefragt hatte, ob sie die Stelle nicht wenigstens vorübergehend übernehmen könne, den Wasserwerken zuliebe, hatte sie eingewilligt.

Den Tag verbrachte sie damit, die Briefe der Wasserwerkskunden aus der vergangenen Woche zu beantworten. Es waren zwei Beschwerden, die beide beklagten, dass die Wasserwerke den Jodgehalt im Wasser nicht erhöhten. Sie hätten im Fernsehen einen Bericht über eine kalifornische Kleinstadt gesehen, schrieben die Wasserwerkskunden, wo dem Wasser Jod zugesetzt werde, weshalb die Bewohner dieser Stadt nun viel älter würden. Die Wasserwerkskunden fragten, warum ihre Wasserwerke nicht das Gleiche täten, und brachten die Hoffnung zum Ausdruck, dass es nicht am Geiz der Wasserwerke scheitere.

Frau Zilius erstellte eine Liste, um die Tage, an denen sie noch kommissarische Abteilungsleiterin sein würde, abzuhaken.

Auf dem Nachhauseweg ging sie in einen Supermarkt und blätterte eine Weile in den Zeitschriften, dann blieb sie vor dem Regal mit den Eiern stehen. Es gab Eier aus Bodenhaltung und Eier aus Freilandhaltung, es gab weiße und braune, und es gab auch welche, denen drei wertvolle Omega-Säuren zugesetzt worden waren.

Am nächsten Tag fand Frau Zilius kein Ei vor ihrem Bett. Herrn Möllers sah sie nur von ferne, und sie hakte einen Tag auf ihrer Liste ab.

Am Abend rief ihr Sohn an. Er hieß Lasse, und der Name hatte gut zu ihm gepasst, als er ein kleiner Junge mit wirren blonden Haaren gewesen war. Nun war er Punk, seine Haare waren in dunklen Tönen gefärbt und stachen in sieben Strahlen in die Höhe, und Frau Zilius fragte sich gelegentlich, ob sie seinen Namen zu selbstgewiss gewählt hatte. Es störte sie nicht, dass er Nietenjacken trug, und die Vielfalt seiner Frisuren fand sie erfrischend, aber sie wusste seinen Vorwürfen wenig entgegenzusetzen. Lasse warf ihr Resignation vor und den Wasserwerken Ausbeutung, und in trüben Momenten ging Frau Zilius nicht ans Telefon, wenn er anrief.

An diesem Abend teilte ihr Lasse mit, dass er Lisa kennengelernt habe, sie sei Zeugin Jehovas, und er studiere nun mit Interesse die Bibel. Er sagte Frau Zilius, dass sie dringend die Apokalypse bei Johannes nachlesen müsse, es stehe viel Wahres darin, sagte er und klang aufgeräumt.

Das nächste Ei legte Frau Zilius am Montag. Sie fand es unter dem Schuhregal, es war rotbraun und größer als das erste. An diesem Tag kam Herr Möllers in ihr Büro. Er war ein schmaler, kleiner Mann mit vorstehenden Zähnen, er erinnerte sie an ein Kaninchen, und sie hatte Angst vor dem, was er sagen würde.

»Ich fange jetzt etwas Neues an«, sagte Herr Möllers. »Ich werde Tagesvater.«

»Wie schön«, sagte Frau Zilius. »Leider ist mein Sohn zu alt, sonst würde ich ihn vorbeibringen.«

»Nichts für ungut«, sagte Herr Möllers.

Frau Zilius fragte sich, wie viele Eltern ihre Kinder Herrn Möllers anvertrauen würden. Heutige Eltern schienen ihr eher heikel, aber vielleicht profitierte Herr Möllers vom gegenwärtigen Ruf nach mehr männlichen Bezugspersonen.

In den nächsten zwei Wochen legte Frau Zilius vier Eier. Eines war tischtennisballgroß und bläulich, zwei schimmerten in dunklem Rot und hatten die Größe eines Hühnereis, das größte glich einem Tennisball und war bräunlich gesprenkelt. Frau Zilius gefiel vor allem das bläuliche, dessen Färbung ihr kühn und elegant erschien. Sie mochte auch die glatte Schale der Eier und ihre freundlichen Rundungen.

An einem Abend, an dem sie zwei Gläser Rotwein getrunken hatte, sah Frau Zilius bei Wikipedia unter »Huhn« nach und las, dass weite Teile der Eierproduktion bei den Hühnern im Restdarm stattfanden. Lichtverhältnisse und Hormonstand seien entscheidend dafür, ob ein Huhn brüte oder nicht.

Danach fand sie fünf Wochen lang keine Eier mehr in ihrer Wohnung.

Als sie das nächste Mal im Supermarkt nach den dortigen Eiern sah, bauten die Mitarbeiter gerade die Osterdekoration auf. Sie errichteten ein großes Rasenrondell, in dessen Mitte ein mannshoher grüner Strohhase stand. Er trug eine Kiepe voller Eier auf dem Rücken und hatte große Zähne, die ihm etwas Unheimliches verliehen. Frau Zilius betrachtete die Schokoladeneier, sie kamen ihr sehr klein vor.

Am Abend rief Lasse an. Er klang unfroh. Die Hausbesuche, die er mit Lisa machte, um die Menschen von der Botschaft Gottes zu überzeugen, stießen auf wenig Gegenliebe, und seine Freude an der Apokalypse hatte sich abgekühlt.

»Warum sollte im Paradies nicht Platz für alle sein?«, fragte er, und Frau Zilius sagte, das sei eine berechtigte Frage. Lasse meinte, dass er vielleicht Ostern vorbeikomme, er könne sich noch nicht festlegen, vielleicht mit Lisa, je nachdem, ob ihre Pflichten es zuließen.

Als Frau Zilius den Fernseher anstellte, lief eine Dokumentation über Königspinguine auf den Prinz-Edward-Inseln. Man sah, wie sich die Pinguine vorsichtig über einem Ei zwischen ihren Füßen niederließen, und Frau Zilius erfuhr, dass sie sich kaum je von ihrem Ei erhoben und deshalb während der Brutzeit stark abmagerten. Der Kommentator sagte, die Pinguinmütter und -väter wechselten sich beim Brüten ab und wie wichtig es sei, dass sie sich aufeinander verlassen könnten.

Das nächste Ei, das Frau Zilius fand, hatte die Form einer Zitrone. Es war ein wenig angedellt, aber wenn die Sonne darauf schien, schimmerte es nahezu golden. Frau Zilius hüllte es in eine grüne Mütze, die sie für Lasse gestrickt hatte. Er hatte sie lange getragen, bis seine Frisur zu ausladend geworden war. Frau Zilius holte ihre Wollreste aus dem Schrank und begann, eine Mütze mit Aussparungen zu stricken, doch nach dreien hörte sie wieder auf.

Gründonnerstag fuhr sie nach der Arbeit zum Supermarkt. Sie hatte eine Auswahl ihrer Eier in ein Küchenhandtuch eingewickelt und wollte sie zu Füßen des unheimlichen Hasen hinterlassen, aber ihm gegenüber hatte man einen Stand aufgebaut, an dem ein schlaksiger Junge

Gemüsehacker vorführte. Frau Zilius schlenderte zweimal von den Zeitschriften zum Hasen, aber der Junge verließ seinen Stand nicht.

Sie fuhr nach Hause und schlug die Adresse von Herrn Möllers nach. Es war schon spät, als sie bei seinem Haus ankam, aber sie sah Herrn Möllers und eine Frau mit rotem Haar, die seine Ehefrau zu sein schien, vor der Tür stehen. Herr Möllers nagelte ein großes Schild an einen Holzpfosten. *Tagesvater Möllers* stand darauf.

Frau Zilius wartete, bis Herr und Frau Möllers im Haus verschwunden waren, dann grub sie eine kleine Erdhöhle unter dem Pfosten und legte das nahezu goldene Ei hinein.

Eine höhere Ordnung

Gunnar Peck unternahm drei Kontrollgänge, zwei in der U3 und einen in der U7, bevor er sich einen Ausweis erstellte.

Es schien ihm, als wären insbesondere das Format und die Klarsichthülle wichtig, sowie ein runder, nicht zu großer Stempel. Gunnar Peck hatte wenig Geduld und keine besondere Freude an der Fälschung, aber es erschien ihm mittelfristig zu riskant, seinen alten Studentenausweis in die Höhe zu halten. Er schrieb eine Bestätigung, dass Gunnar Peck im Auftrag der städtischen Fahrgastbetriebe kontrolliere, die er auf taubengrauem Papier ausdruckte. Dann versah er sie mit einem Stempel, den er in seiner alten Kinderpost auf dem Dachboden gefunden hatte. Es war einer für Eilbriefe, aber Gunnar Peck hatte bei seinen Probe-Kontrollen den Eindruck gewonnen, dass die Leute nur flüchtig auf den Ausweis sahen.

Ihr Blick war ähnlich flüchtig wie der, den der Prüfer auf die Liste der theologischen Examensfragen geworfen hatte, als man ihn zum Gleichnis vom Guten Samariter befragt hatte. Gunnar Peck mochte das Gleichnis, ihm gefiel die Klarheit der Unterscheidung zwischen dem hilfreichen Samariter einerseits und dem gleichgültigen Leviten und dem allzu gesetzesgläubigen Priester andererseits, vor allem gefiel ihm, dass niemand versuchte, die Schuld des Leviten und des Priesters zu bemänteln. Aber als der Prüfer Gunnar Peck nach der augustinischen Auslegung befragte, wurde sein Kopf plötzlich wolkig, so sehr, dass er schließlich nicht einmal mehr die Merkmale eines Gleichnisses erklären konnte und durch die Prüfung fiel.

Danach verbrachte er weniger Zeit an der Universität, und schließlich blieb er ihr ganz fern. Stattdessen dehnte er seine Fahrten mit der U-Bahn, dem Bus und den Straßenbahnen aus.

Er bevorzugte die Straßenbahnen und Busse, weil ihm die Stimmung darin freundlicher erschien als im Untergrund, den Kontrolleuren jedoch begegnete er in der U-Bahn.

Es waren zwei junge Männer mit kurz geschorenen Haaren und Jeansjacken, die mit einer Frau und einem Jungen, die beide keinen Fahrschein hatten, an der nächsten Station ausstiegen. Gunnar Peck folgte ihnen. Die Frau trug einen blonden Pferdeschwanz und einen blauen Mantel aus teurer Wolle, und die Kontrolleure siezten sie und sagten, dass es kein Problem sei, wenn sie statt des Personalausweises ihren Führerschein vorzeige. Der Junge war picklig und mürrisch. Dennoch schien es Gunnar Peck unangebracht, dass die Kontrolleure ihn duzten, und er fand es nicht angemessen, dass sie die Bahnpolizei riefen, als er keinen Personalausweis vorweisen konnte.

Gunnar Peck stellte sich gelegentlich die Frage »Was wäre wenn?«, aber er hatte sie nie weiter verfolgt. In der Regel waren es düstere Fragen wie die, was wäre, wenn er von der S-Bahn Brücke spränge oder plötzlich die Sprechstundenhilfe des Hals-, Nasen-, Ohrenarztes anschrie. Gunnar Peck war überrascht, als er sich fragte: »Was wäre, wenn ich sagte, ›die Fahrkarten bitte‹?«, und es dann tat. Die Fahrgäste hielten ihre Fahrausweise in die Höhe, ohne ihn dabei anzusehen.

»Herzlichen Dank«, sagte Gunnar Peck, und er war froh, dass niemand ohne Fahrschein war, weil er nicht gewusst hätte, was er dann hätte tun sollen.

Hinterher ging er zu einer Bankfiliale und bat um einhundert Überweisungsformulare, in die er zu Hause mit einer Schreibmaschine in das Empfängerfeld *Städtische Verkehrsbetriebe* und die passende Kontoverbindung einfügte.

Der erste Fahrgast, den er ohne Fahrschein antraf, war ein Punk.

»Hab ich nicht«, sagte der, als Gunnar Peck ihn nach seiner Fahrkarte fragte.

»Dann würde ich gerne Ihren Personalausweis sehen«, sagte Peck.

»Hab ich auch nicht«, sagte der Punk. Seine grün-roten Haare standen armlang in die Höhe, und er hatte einen räudigen Hund bei sich, der an Gunnar Peck hochsprang.

Es saßen sieben Fahrgäste im Abteil, vier von ihnen sahen interessiert zu. Doch sie waren wie eine Schar Hühner, aus der eine Bäuerin eines zum Schlachten herausgegriffen hatte, es war ihnen nicht anzumerken, ob sie Mitleid empfanden oder voller Schadenfreude waren.

»Dann müssen wir jetzt aussteigen«, sagte Peck und fürchtete, dass der Punk sich weigern würde.

Aber der Punk sagte: »Auch gut«, und folgte ihm.

Gunnar Peck dachte, dass er ihn jetzt gehen lassen könnte. »Ich mache eine Ausnahme«, könnte er sagen und: »Denken Sie künftig daran, einen Fahrschein zu kaufen.«

Aber er tat es nicht, sondern zog ein Bankformular aus seiner Tasche hervor.

»Sie müssen leider das erhöhte Beförderungsentgelt von sechzig Euro bezahlen«, sagte er.

»Auch gut«, sagte der Punk.

»Auf Wiedersehen«, sagte Gunnar Peck, und da er nicht wusste, was er tun sollte, stieg er die Treppe zum Ausgang hoch.

Auf dem ersten Absatz drehte er sich vorsichtig noch einmal um und glaubte zu sehen, wie der Punk das Überweisungsformular zu einem Ball formte und es für den räudigen Hund in die Luft warf.

Erst auf der Rückfahrt fiel Gunnar Peck auf, dass er nicht die Personalien des Punks aufgenommen hatte, und er fragte sich, ob diesem seine Unprofessionalität aufgefallen war.

Er gewöhnte sich an, an seinen Dienst-Tagen ein blaues Cordjackett zu tragen, und wenn er in den Gang der U-Bahn trat und eine Kontrolle ankündigte, fühlte er sich wie ein Dirigent, der den Taktstock hebt. Bei guten Kontrollen kam er mit den Fahrgästen ins Gespräch. Meist waren es ältere Leute, die sagten, es sei gut, dass jemand nach dem Rechten sehe, oder darüber klagten, dass die Karten immer teurer würden.

»Ich muss Ihnen da recht geben«, sagte Gunnar Peck, »aber wir unterliegen einer höheren Ordnung.«

An einem Sonntag, an dem er sich einsam fühlte, kontrollierte er in der M4. Er war sich unsicher, ob Kontrollen in Straßenbahnen üblich waren, aber er hatte Sehnsucht nach ihrem unregelmäßigen Klingeln und dem holprigen Auffalten ihrer Türen.

In der Straßenbahn saß lediglich eine hutzelige alte Frau mit Haarknoten, die einen Korb mit Äpfeln auf dem Schoß stehen hatte.

»Das ist doch kein Leben«, sagte sie zu Gunnar Peck. »Hast du nichts gelernt?« Dann sortierte sie die großen

Äpfel in ihrem Korb, bis sie einen sehr kleinen fand, den sie ihm gab.

»Ich schätze meine Arbeit«, sagte Gunnar Peck und fragte sich, ob das Cordjackett schäbig aussah.

Es dauerte lange, bis die Straßenbahn wieder hielt. Er setzte sich auf den am weitesten von der Frau entfernten Sitzplatz, und als er ausstieg, warf er den Apfel in einen Mülleimer.

An einem Mittwoch fühlte er sich eigentlich nicht im Dienst, aber als er in die U-Bahn einstieg, hatte er das Bedürfnis nach einer Aufmunterung und rief: »Die Fahrkarten, bitte.«

Am Ende des Waggons stand eine junge Frau, deren fatalistischer Blick ihm sagte, dass sie keinen Fahrschein hatte. Neben ihr stand ein Mann in löchrigen Jeans, der ein Bündel Straßenzeitungen unterm Arm trug.

»Ich habe noch eine Fahrkarte übrig«, rief er freudig, während die Frau ihn unschlüssig ansah.

»Das geht so nicht«, sagte Gunnar Peck.

»Ich habe eine, ich habe eine«, rief der Straßenzeitungsverkäufer.

»Es ist wie mit den klugen und den törichten Jungfrauen«, sagte Gunnar Peck. »Irgendwann ist es zu spät.«

Aber der Straßenzeitungsverkäufer hörte nicht auf ihn, und Gunnar Peck fühlte sich in seiner Autorität als Kontrolleur missachtet.

»Das ist Strafvereitelung«, sagte er, wie er es in einem Film gesehen hatte, »hören Sie auf damit.«

Der Straßenzeitungsverkäufer schwieg, und Gunnar Peck schrieb die Personalien der Frau auf.

Als er ausstieg, sprach ihn ein Junge mit Mardergesicht an.

»Mir gefällt der Job«, sagte der Junge. »Man darf die nicht davonkommen lassen.«

Gunnar Peck sagte nichts.

»Braucht man eine Ausbildung dafür?«, fragte der Mardergesichtige.

»Ja, und sie dauert lange«, sagte Gunnar Peck und wandte sich ab.

Meine Hoffnung und meine Freude

Sabine Kleinhans erhob sich zunächst in der Osterkirche in die Luft.

Es war das erste Mal, dass es geschah, und ihr Körper schwebte höchstens einen Zentimeter oberhalb der Kirchenbank. Außer ihr war nur der Küster da, der sich an den Blumen vor dem Altar zu schaffen machte.

Sabine Kleinhans hatte die Osterkirche in Eile betreten, weil sie auf dem Weg zur Arbeit gewesen war. Es sollte gelingen, wenigstens einmal am Tag zu beten, hatte sie im Vorübergehen gedacht, war umgekehrt und hatte sich in die letzte Kirchenbank gesetzt.

Sabine Kleinhans ging in ihren Gebeten nicht ins Detail. Sie legte Gott nicht die Abgründe dar, die sie ihm hätte darlegen können, solche des Zorns, der Gleichgültigkeit und anderer Art, denn es waren so viele, dass ihre Betrachtung sie müde machte. Sie erhoffte sich keine Lösung davon, und es war ihr unangenehm, sie noch einmal auszubreiten.

Sie dankte Gott dafür, dass sie mit Ausnahme eines kurzen Geschreis im Badezimmer nicht mit den Kindern gestritten hatte, und sie betete für ihre Großtante, die gerade einundneunzig geworden war und bei ihren Anrufen nicht mehr vorgab, einen Anlass zu haben.

»Ich wollte gern mit jemandem sprechen«, sagte die Großtante mit einer Stimme, die so zitterte wie die Schrift auf ihren Postkarten, und dann bedankte sie sich für eine Spieluhr, die ihr Sabine Kleinhans vor Jahren geschenkt hatte.

Sabine Kleinhans' Körper erhob sich, als ihr Gebet sich ihrer Großtante zuwandte. Der Aufstieg war trotz der geringen Höhe, die sie erreichte, stockend, so, als zöge man sie mit einer Seilwinde allmählich hinauf.

Sabine Kleinhans hielt kurz inne, dann bat sie Gott um mehr Besucher für ihre Großtante, und nachdem sie dies getan hatte, sank ihr Körper zurück auf die Kirchenbank. Der Küster nahm welke Sonnenblumen aus der Vase vor dem Altar und verschwand in der Sakristei.

Sie kam etwas verspätet zur Arbeit, aber niemand nahm davon Notiz.

Sabine Kleinhans arbeitete in der Anzeigenabteilung einer Monatszeitung, die sich als radikal links verstand und deren Auflage über die Jahre immer weiter geschrumpft war. Inzwischen gab es neben ihr nur noch drei Redakteure statt wie früher sieben, und es schien nur eine Frage der Zeit, bis der Verlag das Blatt einstellen würde. Sabine Kleinhans teilte nicht immer die Meinungen, die darin verbreitet wurden, aber sie hatte Achtung davor, dass die Schreiber noch immer fragten, was Gerechtigkeit bedeute, obwohl sich die Antworten schlecht verkauften. Vor einem Jahr hatte die Redaktion in ein günstigeres Büro umziehen müssen und war nun Untermieter der Kommunikationsagentur fresh friends, die die Redakteure grämlich »foul friends« nannten.

»Fair is foul, and foul is fair«, summte der Chefredakteur, wenn er in die Teeküche kam, die sich alle Mieter teilten.

»Shakespeare«, sagte er, als Sabine Kleinhans ihn fragte, was das bedeute. »Das wusste man mal.«

Der Chefredakteur war ein kleiner fülliger Mann, der enge T-Shirts mit bunten Aufdrucken trug. Eines davon war flammend rot und zeigte ein durchgestrichenes Christuskreuz in einem Kreis, als wäre es ein Verkehrszeichen. Als Sabine Kleinhans es das erste Mal an ihm sah, hatte sie sich gefragt, ob das Design ihr galt, aber es erschien ihr unwahrscheinlich, da sie mit niemandem über ihre religiösen Angelegenheiten sprach.

Sabine Kleinhans war Mitglied der Osterkirchengemeinde, und etwa alle drei, vier Wochen besuchte sie dort die Gottesdienste. In der Regel war neben ihr nur eine Handvoll Besucher dort. Die Pastorin hieß Bogenschneider, sie war klein und drahtig und hatte einen praktischen Kurzhaarschnitt. Sie trug die Bibeltexte mit einer trockenen Sachlichkeit vor, die Sabine Kleinhans angenehm fand. Die Rachsucht Gottes, der erschlagene Kinder einforderte, und die Wundertaten Jesu wirkten dann auch für Frau Bogenschneider fremd, und das machte Sabine Kleinhans die eigene Befremdung leichter.

Frau Bogenschneider war nie mit einem Partner oder Partnerin in der Gemeinde gesehen worden, auch nicht mit Kindern. Manchmal erschien sie Sabine Kleinhans seltsam unwirklich, als existierte sie nur in der Osterkirche, wo sie sich sonntagmorgens am Altar einfand, im Talar und mit gestärktem Beffchen, um sich nach der Verabschiedung an der Kirchentür in Luft aufzulösen, den Talar ordentlich aufgehängt in der Sakristei zurücklassend. Dabei hatte Sabine Kleinhans Frau Bogenschneider einmal in einer Bäckerei getroffen, wo sie die Verkäuferin anherrschte, weil sie, so sagte Frau Bogenschneider, die Vorbestellung für zwei Hefezöpfe vergessen habe. Sabine Kleinhans war aus der Bäckerei gegangen und hatte so getan, als betrachtete sie die Auslage des benachbarten Telefonladens, bis Frau Bogenschneider die Bäckerei verließ.

An einem Mittwochabend erhob sich Sabine Kleinhans zu ihrer Überraschung und Freude während einer Andacht erneut in die Luft. Sie war zu spät gekommen und hatte sich in die letzte Bank geschlichen. Zwei Reihen vor ihr saß ein alter dürrer Mann in einem abgeschabten Anzug und in der Reihe neben ihr eine mollige Dame in einem gebatikten Kleid. Der alte Mann kam regelmäßig in den Gottesdienst und gab seine Kollekte in Papier verpackt in den Klingelbeutel. Einmal war eines der Papierstückchen neben den Beutel gefallen, und als sie es aufhob, faltete es sich auf und ein Knopf fiel heraus.

»Wie lieblich sind deine Wohnungen, Herr Zebaoth!«, las der Kirchenvorsteher, ein freundlicher Mann mit Schnurrbart vorne am Lektorenpult. »Meine Seele verlangt und sehnt sich nach den Vorhöfen des Herrn.«

Sabine Kleinhans fragte sich, ob dies auch für sie galt. Es war ihr ein Rätsel, wie sich die Menschen jahrhundertelang, und sei es nur aus Angst vor Strafe, mit Gott und dem, was er von ihnen wollte, auseinandergesetzt haben konnten, und nun, da sie es nicht mehr taten, keine Lücke in ihren Leben klaffte. Aber zugleich war sie ungewiss, wie groß ihr eigenes Verlangen war. Es fehlte ihr an echtem Interesse und an ausreichend Hartnäckigkeit, um sich der Sperrigkeit von Kreuzigung und Auferstehung zu stellen. Wäre sie nicht getauft und konfirmiert worden in einer Zeit, als alle getauft und konfirmiert worden waren, hätte sie sich vielleicht irgendwann aufgemacht, eine Religion zu suchen, die ihr mehr entsprach. Sie war eine Zufallschristin, so wie sie eine Zufallsehefrau und Zufallsmutter war, und dass keine dieser Rollen zwingend war, irritierte sie.

Sabine Kleinhans achtete die Lauen nicht und war sich doch bewusst, dass sie selbst zu ihnen gehörte. Warum sollte Gott nicht auch die Lauen lieben?, dachte sie plötzlich. Er hat ja auch die Warm- und die Kaltblüter geschaffen, warum sollte er sie nicht zumindest hinnehmen?

Noch während sie sich dies fragte, spürte sie, wie sich ihr Kopf und ihre Schultern aufrichteten, als hätte sie jemand gerufen.

Dann erhob sich ihr Körper in sitzender Position mit einem kaum wahrnehmbaren Ruckeln, als begänne eine Seilbahn ihre Fahrt in die Höhe. Sabine Kleinhans erfüllte eine freudige Aufregung, und zugleich fürchtete sie, dass ihr Aufstieg diesmal auffallen würde.

Tatsächlich erhob sie sich etwa einen halben Meter, sodass sie knapp oberhalb der Lehne der Kirchenbank zum Halten kam. Die Gemeinde sang gerade das erste Lied, »Meine Hoffnung und meine Freude«. Sabine Kleinhans schwieg, weil sie fürchtete, dass ein Singen aus der Höhe ihre Position noch auffälliger machen würde. Sie vermied es, sich umzusehen.

In der letzten Strophe spürte sie einen leichten Aufprall an ihrem linken Bein, und als sie herabschaute, erkannte sie einen braunen Knopf, der gerade unter ihr zu Boden fiel. Sie sah, wie der dürre alte Mann weitere Knöpfe aus seiner Jackentasche zog. Aber er verfehlte sie zweimal, und dann gab er auf.

Die Pastorin bestieg die Kanzel, sah kurz zu Sabine Kleinhans, die noch immer über der Bank schwebte, und begann ihre Predigt. Sie sprach über den ungläubigen Thomas, und während sie anmerkte, dass sie sich manchmal frage, was sie an seiner Stelle über einen auferstandenen Jesus gedacht hätte, sank Sabine Kleinhans langsam zurück auf die Kirchenbank.

»Ich möchte Ihnen noch eine Stelle aus dem zweiten Brief an die Korinther mit auf den Weg geben«, sagte Frau Bogenschneider. »Ich lese sie in ungewissen Momenten.« Und dann las sie mit trockener Stimme: »Und er hat zu mir gesagt: Lass dir an meiner Gnade genügen, denn meine Kraft vollendet sich in der Schwachheit.«

Nach Ende der Andacht verließ Sabine Kleinhans die Kirche vor allen anderen. Sie bemerkte, wie der Küster, ein kräftiger Mann, dem sein eigener Anzug ungewohnt schien, hinter ihr hersah.

Am Abendbrottisch überlegte sie, wem sie von ihrer Erhebung erzählen könnte.

Die Kinder waren zu klein, ihr Mann betrachtete religiöse Gefühle aller Art wie ein abgeklärter Ethnologe, und ihre Großtante hätte sich Sorgen gemacht. Also schwieg Sabine Kleinhans.

Später überflog sie im Internet Einträge zur Levitation, von denen sich die meisten mutmaßlichen Betrügern widmeten, deren Schwebekünste gleichermaßen Staunen und Misstrauen hervorgerufen hatten. In früheren Jahrhunderten waren sogar Prinzessinnen und Könige zu Schwebevorführungen gekommen, und einige hatten ihre Echtheit bezeugt. Aber auf die Könige waren Generationen von Wissenschaftlern gefolgt, die mit Experimenten zu prüfen versuchten, ob die Levitationskünstler bloße Schwindler waren.

Sicher war es richtig, dachte Sabine Kleinhans, Leichtgläubige zu schützen. Einfache Leute, die mühsam verdientes Geld zusammenkratzten, um jemanden schweben zu sehen, der tatsächlich nur an einem geschickt getarnten Seil hing. Und doch war diese Dringlichkeit der Skeptiker erstaunlich, als bereite es den Wissenschaftlern körperlichen Schmerz, eine für sie nicht erklärbare Fähigkeit als gegeben hinzunehmen.

Man lässt mich kurz in einen der Vorhöfe des Herrn sehen, dachte Sabine Kleinhans, das muss doch möglich sein.

Am nächsten Tag kam sie müde zur Arbeit. In der Regel sprachen die Redakteure nicht mit ihr, es bestand auch keine Notwendigkeit dazu. Die Redakteure nahmen wortlos die Anzeigenlisten zur Kenntnis, die Sabine Kleinhans ihnen auf den Schreibtisch legte. Die Listen waren schon immer kurz gewesen, aber inzwischen standen selbst in guten Wochen höchstens sechs Anzeigen darauf. Zweimal pro Woche, dienstags und donnerstags, versuchte Sabine Kleinhans, Neukunden zu gewinnen, und rief Bioläden, Kulturvereine, Fahrradgeschäfte und Taxikollektive an, bei denen sie eine Nähe zu den Ideen der Redakteure vermutete. Aber sobald die hörten, dass es um eine Anzeige in einer gedruckten Zeitschrift ging, winkten sie ab.

Ich sitze auf einem sinkenden Schiff, dachte Sabine Kleinhans, und ich weiß, dass es sinkt.

Am Nachmittag rief ein Mann in der Anzeigenabteilung an, der sich als Herr Elias vorstellte und nach dem Preis einer Anzeige fragte.

»Es kommt auf die Größe an«, sagte Sabine Kleinhans. »Die Spanne reicht von dreißig bis dreihundert Euro.«

»Was bekomme ich für zweihundert Euro?«, fragte der Mann.

»Eine zweispaltige mit vier Zentimeter Höhe«, sagte Sabine Kleinhans. »Soll ich Ihnen unsere Preisliste schicken?«

»Nicht nötig«, sagte Herr Elias. »Ich buche sie.«

Er schickte kurz darauf die Vorlage für die Anzeige. Darin stand: *Besitzen Sie Goldschmuck, den Sie nicht mehr brauchen? Wir kaufen auch Zahngold, mit oder ohne Zähne. Ankauf von Gold ist Vertrauenssache – kommen Sie zu uns.*

Sabine Kleinhans hatte keine Vorstellung, wie man Zahngold mit Zähnen verkaufen könnte. Sie stellte sich alte, verarmte Frauen vor, die zum Zahnarzt gingen und sich unter einem Vorwand ihre in besseren Zeiten vergoldeten Zähne ziehen ließen, um sie zu verkaufen. Aber dann dachte sie mit plötzlicher Nüchternheit, dass schließlich niemand dazu gezwungen wurde, sein Gold, woher auch immer es stammte, zu Markte zu tragen.

Auf dem Rückweg von der Arbeit ging Sabine Kleinhans bei einer Postfiliale vorbei, um ein Kreuzworträtselheft an ihre Großtante zu schicken. Als sie sich zum Ausgang wandte, begegnete sie dem Küster, der ein riesiges Paket trug.

»Was ich Ihnen noch sagen wollte«, sagte der Küster, »das ist ja toll, was Sie können. Wo haben Sie das gelernt?«

»Es passiert mir einfach«, meinte Sabine Kleinhans, »vielleicht hört es auch wieder auf.«

»Ganz erstaunlich«, sagte der Küster. »Vielleicht entdeckt man Sie ja ...«

Die Frau am Postschalter rief ihn auf, bevor er erklären konnte, wer Sabine Kleinhans möglicherweise entdecke.

»Betest du vor dem Schlafengehen mit den Kindern?«, fragte ihre Großtante abends am Telefon, und Sabine Kleinhans fühlte sich schuldig, weil es eine weitere Stelle war, an der sie nicht genügte. Sie hatte es ein-, zweimal versucht, aber die Kinder waren desinteressiert gewesen, und ihr hatte die Energie gefehlt, dennoch zu beten. An diesem Abend enttäuschte sie an mehreren Stellen, sie interessierte sich nicht für das Ungenügen ihres Mannes an seiner Fortbildung, nicht für die Begegnung der Kinder mit einer überfahrenen Taube, sie hörte teilnahmslos die Nachricht von einem gekenterten Schiff, und als alle schliefen, versenkte sie sich im Internet in die blutigen Details berühmter rechtsmedizinischer Fälle.

Es war lange nach Mitternacht, als sie ein Vaterunser betete. Sie hatte Sehnsucht nach der Stelle, in der es um die Erlösung vom Bösen und die Pracht und die Herrlichkeit ging, die bei Gott war.

Gelegentlich fragte sie sich, wo andere Leute Trost suchten und für wie zuverlässig sie ihn hielten. Vermutlich fanden sie ihn bei Freunden, Partnern, vielleicht auch Eltern. Aber was, wenn die Freunde sich entfremdeten, die Partner Besseres fanden und die Eltern selbst bedürftig wurden?

Sabine Kleinhans war zu träge, um sich zum Gebet auf den Boden zu knien, deshalb lag sie ausgestreckt im Bett, als ihr Körper sich erhob. Sie stieg empor, langsam und ohne das kleinste Ruckeln, am Fenster vorüber, durch das ein heller Mond schien, bis sie etwa ein Meter unterhalb der Decke zum Halten kam. Ihr Kopf war leicht erhoben, als stützte ihn jemand, so wie man den Kopf eines Säuglings stützt, der wie eine übergroße Blüte auf einem schwachen Stängel sitzt.

Sie faltete die Hände unterhalb ihrer Brust, betrachtete kurz das Dickicht der Spinnweben und schloss dann die Augen.

Für eine Weile, deren Dauer sie nicht hätte benennen können, dachte sie nichts, und während sie nichts dachte, blieb doch ein überraschter Gedanke: Ich denke nichts. Es war, als sähe sie etwas Wichtiges hinter einer Wolkendecke, die sich kurz auflöste, etwas Wichtiges, das sie nicht zu deuten brauchte.

Eine Woche nach Erscheinen der Zahnanzeige suchte sie der Chefredakteur in ihrem Büro auf.

»Wir haben einen Leserbrief wegen der Goldanzeige bekommen«, sagte er. »Kam nicht gut an.«

»Was war das Problem?«, fragte Sabine Kleinhans.

»Dass sie nicht zu uns passt. Wir sind doch kein Ramschblatt«, sagte der Chefredakteur. »Unsere Leser verkaufen ihre Zähne nicht.«

»Tatsächlich«, meinte Sabine Kleinhans, und dann schaute sie auf die Tischplatte, um nicht etwas zu sagen, was sie hinterher bereuen könnte.

»Das nächste Mal gern kurz nachdenken, bevor du etwas annimmst«, sagte der Chefredakteur und verließ das Büro.

Am Abend fuhr sie zu einem Gesprächsabend in der Gemeinde.

Auf dem Weg sein – Prophetinnen des Alten Testaments, hatte es in der Ankündigung geheißen.

Im Gemeindezimmer war ein Stuhlkreis aufgebaut, auf dem Tisch stand eine Schale mit Keksen und eine Flasche Saft, aber außer Pastorin Bogenschneider und Sabine Kleinhans war niemand gekommen.

»Schön, dass Sie da sind«, sagte Frau Bogenschneider. »Ich wollte ohnehin mit Ihnen sprechen.« Dann machte sie eine kurze Pause. »Mir ist Ihre Darbietung im letzten Gottesdienst aufgefallen. Ich vermute, dass es Teil einer Performance ist, die sie ins Internet stellen wollen.«

Sabine Kleinhans war zu überrascht, um etwas zu sagen.

»Wir haben ja Raum für vieles, aber es ist sehr einfach, sich über jemanden lustig zu machen, der so am Boden liegt wie wir«, sagte Frau Bogenschneider.

Dann stand sie plötzlich auf und verließ den Raum. Als sie nach fünf Minuten nicht zurückgekommen war, ging auch Sabine Kleinhans.

Die Kirche war wegen Arbeiten an den Fenstern eingerüstet, und als Sabine Kleinhans am Seitenportal vorüberging, fiel etwas von der ersten Etage scheppernd herunter. Sie bückte sich und hob eine Spraydose auf. Weil die Kirche immer wieder besprüht wurde, hatte die Gemeinde ein Schild an der Straßenseite des Gemeindehauses angebracht.

Liebe Sprayer, bitte sprayt hier und verschont die Kirche, stand dort.

Aber die Sprayer ließen sich davon nicht beeindrucken und hinterließen weiterhin ihre Tags an der Kirchenmauer.

Sabine Kleinhans erbitterten die Tags in einer Heftigkeit, die sie selbst überraschte, und gelegentlich hatte sie sich ausgemalt, einen der Sprayer unversehens zu erwischen.

»Hallo«, rief sie in die Dunkelheit, aber niemand antwortete.

Einen kurzen Moment lang stellte sie sich vor, hinaufzuschweben und den Sprayer zu überwältigen.

Nichts geschah.

Sie zögerte, dann stieg sie langsam die Leiter des Gerüsts hoch. Noch auf den Stufen hörte sie, wie jemand über die Bohlen davonlief, und als sie oben ankam, sah sie, wie eine kleine füllige Gestalt um die Ecke bog.

»Idiot« schrie sie hinterher, dann nahm sie ihr Handy aus der Tasche und beleuchtete die Kirchenwand.

Die Gestalt hatte ein grünes Kreuz in einem Kreis darauf gesprüht, oben links sah man den Ansatz eines Schrägstrichs.

Drei Tage später fand Sabine Kleinhans einen Brief von Frau Bogenschneider in ihrem Postkasten.

Liebe Frau Kleinhans, stand darin, *es tut mir leid, dass ich bei unserem Gespräch die Fassung verloren habe. Ich wollte Ihnen auf keinen Fall zu nahe treten. Die Arbeit übersteigt meine Kräfte, ich werde ihr nicht so gerecht, wie ich es müsste.*
PS: Ich möchte Ihre Aufmerksamkeit darauf lenken, dass Menschen, die Gott sehr nahe waren, geschwebt sind. Vielleicht lesen Sie einmal bei der Heiligen Teresa nach, auch wenn sie nicht Teil unserer protestantischen Tradition ist.

Im nächsten Gemeindebrief las Sabine Kleinhans eine Notiz, dass Pastorin Bogenschneider eine Auszeit nehme.

Sie ging nicht zu dem Gottesdienst, in dem Pastorin Bogenschneider verabschiedet wurde.

Aber am Ewigkeitssonntag besuchte sie eine Andacht, bei der zu ihrer Überraschung drei Bänke mit Besuchern belegt waren. Sie setzte sich nach hinten, um möglichst unbemerkt zu bleiben. Ein rothaariger Vikar mit Brille hielt eine Predigt über die Bedeutung der Hoffnung. Zu hoffen, so sagte er, sei nicht nur möglich, es sei so etwas wie die Pflicht, aber auch das Privileg eines Christenmenschen, das müsse man nutzen.

»Er wird dich mit seinen Fittichen decken, und deine Zuversicht wird sein unter seinen Flügeln«, las der Vikar, und dann lud er diejenigen, die im vergangenen Jahr nahestehende Menschen verloren hatten, dazu ein, eine Kerze für sie am Altar zu entzünden.

Noch bevor die Orgel einsetzte, erhob sich eine mollige Frau mit Zopf in der ersten Reihe und ging zum Altar, wo sie schweigend eine Kerze anzündete. Es folgten die Menschen aus der zweiten und der dritten Reihe. Als Letzter kam der Küster nach vorne.

»Für meine Mutter«, sagte er und entzündete eine Kerze.

Sie verlosch, und während er sie erneut entzündete und sie wieder verlosch, begann er zu weinen, so sehr, dass seine Schultern bebten.

Beim Hinausgehen sah Sabine Kleinhans den dürren alten Mann, der als Einziger keine Kerze entzündet hatte. Er nickte ihr zu, und während er etwas, das in Papier gewickelt war, in den Kollektenbeutel warf, nickte sie zurück.

Eine Woche später besuchte sie einen Flohmarkt, um nach Kinderschuhen zu suchen. Die Stände bauten schon ab, als sie zwei Paar rote Hausschuhe entdeckte und einen Pullover mit einem aufgenähten Elefanten, dessen Knopfaugen rollten. *Joseph Elias*, stand in roter geschwungener Schrift auf dem Schild, das am Rückenausschnitt aufgenäht war. Ein kräftiger Mann mit Schnurrbart und ein kleiner schmaler Junge im Anzug packten gerade ein Grammophon in eine Kiste, neben ihnen saß eine winzige alte Frau in einer Kittelschürze auf einem Klappstuhl.

»Was soll das kosten?«, fragte Sabine Kleinhans den Mann und hob die Hausschuhe und den Pullover in die Höhe.

»Fünf Euro«, sagte der Mann, »für Sie vier. Vielleicht finden Sie noch etwas?« Und er breitete einladend die Arme aus.

Sabine Kleinhans zog unter einem Haufen Schuhe etwas

Glitzerndes hervor. Es war ein mit Federn und Perlen besetztes Kostüm, das so schmal war, dass es einem Kind zu passen schien.

»Oh«, sagte der Mann, »da haben Sie das Kostüm meiner Mutter« und wandte sich an die winzige Frau. »Mamotschka«, rief er, »da möchte jemand dein Kostüm haben«, und küsste sie auf die Wange.

Die Frau tätschelte seinen Kopf, als er sich zu ihr herunterbeugte, und lächelte, sodass man ihre schadhaften Zähne sah.

»Sie wurde die Schwalbe genannt«, sagte ihr Sohn, »weil niemand so lange in der Luft blieb wie sie.«

Sabine Kleinhans sah ihn fragend an.

»Sie sprang vom Schleuderbrett ab«, sagte der Mann, »und sie stieg auf wie ein Komet.«

Sabine Kleinhans wusste, dass ihr das Kostüm nicht passen würde, aber sie kaufte es zu einem Preis, dessen Höhe, so sagte der Mann, »der Berühmtheit seiner Trägerin« angemessen sei.

Als Sabine Kleinhans ging, hörte sie ihn lachen, und als sie sich noch einmal umwandte, hob die winzige alte Frau ihre Hand und winkte ihr zu.

In dem Moment, in dem Sabine Kleinhans ihre Haustür aufschloss, klingelte das Telefon. Am Apparat war die Leiterin des Pflegeheims, in dem ihre Großtante lebte.

»Es geht ihr nicht gut«, sagte die Leiterin. »Sie ruft viel nach Ihnen. Wenn Sie es einrichten können, wäre es schön, wenn Sie noch einmal kämen.«

Als Sabine Kleinhans am nächsten Tag an das Bett ihrer Tante trat, erkannte die sie nicht. Sie lag wie eine sehr alte Puppe in der sehr weißen Bettwäsche, und ihr Mund war nach unten gebogen wie bei einem Kind, das gleich zu weinen beginnt. Im Nachbarzimmer begann jemand zu schreien, wortlos und sehr laut.

Sabine Kleinhans schwebte empor, in einer zugleich entschiedenen und anmutigen Bewegung zeichnete ihr Körper eine Form in den Raum, welche, konnte sie nicht erkennen. Sie hoffte, dass es eine liegende Acht war.

So wahr dieser Zweig nicht grünt

Frau Dorn und Frau Weißbrot teilten Zimmer sechs der palliativen Station des Marien-Hospitals, und die Haus-Psychologin hatte Freude am Zusammenklang ihrer Namen.

»Weißbrot und Dorn«, sagte sie. »Das sind Brot und Rosen, also alles, was zum Leben wichtig ist.«

Die Psychologin sah vieles in einem positiven Licht. Sie war nicht dumm, aber Frau Dorn und Frau Weißbrot waren nicht empfänglich für poetische Betrachtungen. Sie starben und hatten genug damit zu tun, dem gelegentlich ins Auge zu sehen.

Eigentlich war das Zusammensein von Frau Weißbrot und Frau Dorn ein Provisorium, das höchstens ein, zwei Wochen hätte dauern sollen. Frau Weißbrot stand auf der Warteliste eines Hospizes, aber dort wurde kein Platz frei, und Frau Dorn war auf dem Weg zu sich nach Hause, doch der Pflegedienst, der sie betreuen sollte, verstrickte sich in langwierige Auseinandersetzungen mit der Pflegekasse.

Frau Dorn war zuerst in Zimmer Nummer sechs eingezogen. Sie lag am Fenster und betrachtete das Zimmer als ihres und Frau Weißbrot als Eindringling. Frau Dorn war alleinstehend. Sie war Chemikerin in einem Labor gewesen und hatte es wohltuend gefunden, tagsüber in einem weißen Kittel zu verschwinden, der nach Stärkemittel roch. Ein

Bauchspeicheldrüsentumor streute Metastasen in ihrem Körper, und beim letzten Gespräch hatte der Oberarzt gesagt: »Wir können nichts mehr für Sie tun.« Er hatte noch hinzugefügt: »Ich weiß, dass Sie jemand sind, der die Wahrheit vertragen kann.« Sie hatte sich geschmeichelt gefühlt, aber nach der Wahrheit war dem Oberarzt nichts mehr eingefallen, und er hatte sich zur Visite entschuldigt.

Frau Weißbrot hatte als Erzieherin gearbeitet. Sie war klein und stämmig, und ihr Gesicht glich einem Mond. Sie trug in der Klinik ein fliederfarbenes Hauskleid aus Nickistoff, von dem sie drei Exemplare besaß. Frau Weißbrot hatte einen Gehirntumor von der Größe einer Apfelsine. Er war entdeckt worden, als sie wegen Gleichgewichtsstörungen zu ihrem Hausarzt gegangen war, aber trotz aller Tomographien fiel es ihr immer noch schwer zu glauben, was in ihrem Kopf vor sich ging. Der Arzt hatte ihr gesagt, dass sich ihr Zustand sehr plötzlich verschlechtern könne, aber bevor er fortfuhr, sagte sie, dass sie zur Toilette müsse, und kehrte nicht in sein Zimmer zurück. Von da an sprach er mit ihrer Tochter.

»Ich möchte gern ein paar Dinge mit Ihnen klären«, hatte Frau Dorn am ersten Tag ihres gemeinsamen Lebens zu Frau Weißbrot gesagt. »Ich würde mir wünschen, dass Sie mit Kopfhörern fernsehen. Und dass Sie, wenn Sie spät lesen, das mit Leselampe tun. Und wenn Sie Besuche bekommen, die lange dauern, wäre es hilfreich, wenn Sie mit ihm ins Besuchszimmer gingen.«

»Natürlich«, sagte Frau Weißbrot.

Dann klingelte das Telefon an ihrem Bett. Es war ihre Tochter, die fragte, ob sie zufrieden mit ihrem Zimmer sei, und ankündigte, dass sie versuche, morgen vorbeizukommen.

»Ja«, sagte Frau Weißbrot, »das wäre schön«, und fragte sich, ob es ein langer Besuch sein würde.

Ihre Tochter neigte zu langen Monologen über ihre Befindlichkeit und hinterließ Frau Weißbrot häufig erschöpft. Eine Weile hatte die Tochter einen Freund gehabt, der ebenfalls viel sprach. Frau Weißbrot hatte ihm lieber zugehört als ihrer Tochter, vielleicht weil seine Geschichten mehr Personal hatten. Er arbeitete bei der Stadtreinigung, und oft ging es darum, was seinen Kollegen widerfahren war. Einer war im Zoo verhaftet worden, weil er einem Anführer der Hells Angels verblüffend ähnlich sah, ein anderer hatte in einer Quizsendung eine halbe Million Euro gewonnen und daraufhin über Nacht seine Familie verlassen, allerdings zwanzigtausend Euro auf der Waschmaschine hinterlegt.

Frau Dorn telefonierte einmal pro Woche mit ihrer Schwester. Frau Weißbrot hatte gehört, wie sie sagte, dass ein Besuch der Schwester nicht notwendig sei, die Reise sei zu weit, und sprechen könne man auch so. Frau Dorn fragte am Ende jedes Telefonats nach einem Jan, von dem Frau Weißbrot annahm, dass es der Sohn der Schwester sein müsse.

»Vielleicht ist er ja einmal in der Gegend«, sagte Frau Dorn dann immer.

Einmal fiel Frau Dorn ein Foto, das sie als Lesezeichen in ein Buch gesteckt hatte, auf den Boden neben ihr Bett. Als sie es aufhob, sah Frau Weißbrot darauf eine dünne Frau im Wickelkleid, die die Arme nach einem kleinen blonden Jungen ausstreckte, der ihr entgegenlief.

Die Psychologin kam einmal pro Woche und fragte, wie es ihnen gehe.

»Möchten Sie sich mit mir austauschen?«, fragte sie, aber weder Frau Weißbrot noch Frau Dorn wollten das.

»Nein danke«, sagte Frau Dorn.

»Diesmal nicht«, sagte Frau Weißbrot, die zu Beginn ihres Aufenthalts mit der Psychologin gesprochen hatte, weil sie geglaubt hatte, das Gespräch sei verpflichtend.

In der Nacht wachte Frau Weißbrot auf, weil Frau Dorn nach ihrer Mutter rief. Sie stand auf und ging zu Frau Dorn, betrachtete ihr schmales, kamelartiges Gesicht und ging wieder in ihr eigenes Bett.

Am nächsten Morgen fragte Frau Dorn, ob sie Frau Weißbrot ein Buch aus der Krankenhausbibliothek mitbringen solle.

»Nein danke«, sagte Frau Weißbrot und tat so, als läse sie in dem Buch, das ihr ihre Tochter mitgebracht hatte. Das Buch hieß *Wir gehen niemals ganz – Abschied nehmen,* und als sie es auspackte, hatte Frau Weißbrot gedacht, dass ihre Tochter das Leben anderer mit einer Genauigkeit in den Blick nahm, die sie sich selbst ersparte. Dann hatte Frau Weißbrot versucht, das Buch im Flur der gynäkologischen Station liegen zu lassen, aber ein Pfleger hatte es ihr hinterhergetragen.

Die Krankenhausbibliothek hatte eine umfangreiche Abteilung zum Thema Tod, die neben der für alternative Heilmethoden stand, und als Frau Dorn dort nach Lektüre suchte, fragte sie sich, warum man einerseits angehalten war, bis zum Letzten zu kämpfen, und sei es mit schwarzer Salbe oder Familienaufstellung, um dann unvermittelt eine vorbildlich Sterbende zu werden. Wer sagte einem, wann man sich von einer Kämpferin in eine Sterbende zu verwandeln hatte? In einem der Bücher wurde ein Frauenarzt zitiert, der sagte, dass gutes Sterben wie gutes Gebären sei: Man müsse loslassen können. Wie kann er das wissen?, hatte sich Frau Dorn gefragt.

Auf dem Rückweg zu ihrem Zimmer kam sie am Büro der Psychologin vorbei. Die Tür stand offen, und unmittelbar davor stolperte Frau Dorn und ließ ihre Bücher fallen. Die Psychologin half ihr beim Aufstehen und sammelte die Bücher ein.

»Wie geht es Ihnen?«, fragte die Psychologin.

»Ich lese mich ein«, sagte Frau Dorn.

In der Nacht träumte Frau Weißbrot von einer alten Bäuerin, die sie als Kind gesehen hatte. Sie hatte auf dem Hof Milch holen sollen und sich in der Tür geirrt. Als sie in das Zimmer hineingegangen war, hatte sie ein großes Holzbett gesehen, in dem eine alte Frau auf vielen Kissen gebettet lag. Auf ihrer üppigen Brust hatte ein großer rotbrauner Kater gelegen, der seine Vorderpfoten um ihren Hals gelegt hatte. Er umarmte sie. »Entschuldigung«, hatte das Kind, das Frau Weißbrot damals gewesen war, gesagt und war hinausgegangen. Im Traum sah sie wieder die alte Bäuerin und den Kater, aber sie ging nicht hinaus, sondern fragte: »Sterben Sie?« »Sicher«, sagte die alte Bäuerin.

Dann wachte Frau Weißbrot auf, weil Frau Dorn stöhnte. Sie stöhnte laut, es war wie ein tiefes Grollen. Frau Weißbrot zögerte, aber dann stand sie auf und stellte sich neben Frau Dorns Bett.

»Frau Dorn«, sagte sie, aber die reagierte nicht.

Frau Weißbrot rüttelte sie an der Schulter, die so knochig war, wie sie es erwartet hatte. Wie bei einem Huhn, dachte sie, und plötzlich richtete sich Frau Dorn auf, würgte und übergab sich so plötzlich, dass das Erbrochene sowohl sie als auch den Boden als auch Frau Weißbrot traf. Frau Weißbrot drückte die Klingel am Bett, und eine Nachtschwester kam.

»Gehen Sie nur wieder ins Bett«, sagte die Schwester zu Frau Weißbrot.

Dann begann sie Frau Dorn auszukleiden und zu waschen.

Am nächsten Tag sah Frau Dorn den ganzen Tag fern, sie drehte den Ton sehr laut. Sie sah die Morgenandacht der evangelischen Kirche, eine Serie über eine Arztfamilie, eine Ratesendung, bei der man Melodien wiedererkennen musste, einen Zeichentrickfilm für Kinder, in dem eine Maus eine Katze mit einem Brett platt schlug und die Katze sich mit einer Bombe in einer Tortenattrappe revanchierte. Danach sah sie eine Verbrauchersendung über Giftstoffe in Textilien, einen Krimi und dann die Aufzeichnung der Wagner-Festspiele in Bayreuth. Das Fernsehen zeigte Ausschnitte einer Tannhäuser-Inszenierung. Man sah, wie Tannhäuser, der einen Anzug trug und aussah wie ein Büroangestellter, zum Papst kam und dieser einen Ast auf den Bühnenboden stieß und rief: »So wahr dieser Zweig nicht grünt, wirst du …«

In diesem Moment richtete sich Frau Weißbrot in ihrem Bett auf und bat Frau Dorn, den Ton leiser zu stellen.

»So wahr dieses Bett nicht grünt, kommen Sie nicht mehr aus dieser Klinik«, sagte Frau Dorn und stellte den Ton lauter.

Am Abend drehte sie sich im Bett in Richtung von Frau Weißbrot, doch die sah fern und beachtete sie nicht. Frau Dorn betrachtete die Ausbuchtung, die Frau Weißbrots Körper unter der Bettdecke formte, und dachte, dass es sonderbar war, wie etwas von der Größe einer Apfelsine dafür sorgen konnte, dass ein ganzer gesund aussehender Körper starb. Sie sah einige dunkle Flecken am Bettgestell und dachte, dass die Kliniken an allem sparten, auch an der Sauberkeit.

Als Frau Weißbrots Tochter am nächsten Tag zu Besuch kam, brachte sie Anemonen mit, Frau Weißbrots Lieblingsblumen. Die Tochter sprach über ihr Gefühl, Ballast in ihrem Leben abwerfen zu wollen, über Freundschaften, die ihren Kern verloren hatten, und sie sprach über die Schwierigkeit, eine helle, aber auch günstige Wohnung in der richtigen Gegend zu finden.

»Hast du das Buch gelesen?«, fragte sie schließlich Frau Weißbrot.

»Nein«, sagte Frau Weißbrot und setzte zu einer Entschuldigung an, aber dann ließ sie es bleiben. Es war, als stünde sie an einer Zugtür und stiege nicht ein.

»Warum nicht?«, fragte ihre Tochter.

»Ich war müde«, sagte Frau Weißbrot. »Ich glaube, ich sollte jetzt schlafen.«

Frau Dorn hatte ihr Gespräch verfolgt, während sie so tat, als läse sie in einem Buch. Jan hatte ihr einmal erzählt, dass der Apfelbaum über seine Wurzel Giftstoffe verbreitete, damit sich seine Kinder nicht zu nah bei ihm ansiedelten. In einem der Bibliotheksbücher hatte sie die Ergebnisse einer Untersuchung gelesen, bei der Sterbende danach gefragt wurden, was sie am meisten bedauerten. Dass sie sich familiären Pflichten gebeugt hätten, hatten viele geantwortet. Frau Dorn hatte wenig Verständnis für Leiden an Zwängen, die man selbst geschaffen hatte. Ihrer Schwester war es fünfzehn Jahre lang nicht gelungen, sich von ihrem

Mann zu trennen, der sie kontinuierlich betrog, bis er sie schließlich endgültig verließ.

»Unsere Trennung«, sagte ihre Schwester, und es kostete Frau Dorn viel, sie nicht zu korrigieren.

Schließlich beendete Frau Weißbrot ihr Schweigen. »Das ist ein schönes Frühstück«, sagte sie zu Frau Dorn, obwohl es das gleiche Graubrot, die gleichen zwei Marmeladen und der gleiche Honig waren wie immer.

»Ja«, sagte Frau Dorn. »Käse wäre aber auch einmal wünschenswert.«

Sie hatte keinen Appetit, aber sie zwang sich dazu, jeden Morgen ein Brot zu essen.

»Man spart hier an vielem«, sagte sie. »Haben Sie einmal Ihr Bettgestell angesehen? Das könnte eine Reinigung vertragen.«

Dann verstummte sie.

»Ich hätte gern Eis zum Nachtisch«, sagte Frau Weißbrot. »Aber man kann nicht alles verlangen.«

»Es riecht sonderbar im Zimmer«, sagte Frau Dorn. »Ich spreche einmal mit den Schwestern.«

Am Nachmittag besuchte eine frühere Kollegin Frau Weißbrot, und sie gingen gemeinsam in die Cafeteria des Krankenhauses.

In der Zwischenzeit suchte Frau Dorn nach der Quelle des Geruchs. Sie begann beim Waschbecken, das lediglich nach Seife roch, fuhr beim Mülleimer fort, in dem aber nur der Apfelrest lag, den Frau Weißbrots Tochter hinterlassen hatte, sah unter der Heizung nach, wo sie eine Glasmurmel fand, und beugte sich schließlich zu Frau Weißbrots Bett hinunter.

Die bräunlichen Flecken am Bettgestell waren größer

geworden und schienen sich nach vorne zu wölben. Sie verbreiteten einen strengen Geruch, der Frau Weißbrot an faules Obst erinnerte.

Sie richtete sich auf, doch während sie den Arm nach dem Fensterbrett ausstreckte, wurde ihr schwindelig und zugleich übel, sie spuckte und sackte auf dem Boden zusammen.

Als sie zu sich kam, lag sie in ihrem Bett, und eine Schwester prüfte die Klemme der Infusion, die man ihr gelegt hatte.

»Es ist etwas mit diesem Bett«, sagte Frau Dorn.

»Sie sind ohnmächtig geworden«, sagte die Schwester.

»Das Bett fault«, sagte Frau Dorn. »Sie sollten das einmal überprüfen.«

»Das ist sehr unwahrscheinlich«, sagte die Schwester, aber Frau Dorn bestand darauf.

Die Schwester ging zum Bett, sie bückte sich sogar und sah darunter.

»Es ist nichts«, sagte sie.

»Das glaube ich nicht«, sagte Frau Dorn, aber sie hatte zu wenig Kraft, um aufzustehen.

»Riechen Sie etwas?«, fragte sie Frau Weißbrot, als die aus der Cafeteria zurückkam.

»Nein«, sagte Frau Weißbrot, »was denn?«

»Unrat«, sagte Frau Dorn.

Am Morgen wachte Frau Weißbrot auf, weil jemand »komm, hier bin ich«, rief.

Es war Frau Dorn, und sie klang zugleich dringlich und lockend, als riefe sie einen jungen Hund.

Frau Weißbrot war es unangenehm, sie zu hören, es erschien ihr indiskret, und sie stellte den Fernseher an.

Es lief eine Sendung über Meerestiere, und der Sprecher wandte sich gerade den Kraken zu, die unterschätzt seien, so sagte er. Sie seien sehr scheu und doch neugierig, und er betonte das Geschick, mit dem sie sich in Experimenten den Weg durch Labyrinthe gebahnt hätten. Eine Krake lege bis zu einhunderttausend Eier, dadurch sei die Arterhaltung gesichert und eine Eltern-Kind-Beziehung wie etwa bei Vögeln überflüssig.

In diesem Moment wachte Frau Dorn auf.

»Ich frage mich, warum auf den Grabsteinen im Süden Fotos von den Toten angebracht sind, auf denen sie viel jünger sind als bei ihrem Tod«, sagte sie übergangslos.

»Vielleicht waren sie da schöner«, meinte Frau Weißbrot.

»Ich finde das unehrlich«, sagte Frau Dorn.

Am Abend telefonierte Frau Dorn mit ihrer Schwester.

Frau Weißbrot hörte, wie sie nach Jan fragte und schließlich »Vielleicht findet er ja Zeit« sagte und: »Hat er die Adresse?«

In den nächsten fünf Tagen verließ Frau Dorn das Zimmer nicht. Sie schreckte bei jedem Schritt auf dem Gang auf, und als eine Schwester versuchte, sie zu einer Ganzkörperwäsche zu bewegen, wurde sie grob.

»Ihnen fällt an Ihrem Bett sicher nichts auf?«, fragte Frau Dorn, als Frau Weißbrot aus dem Bad zurückkam.

»Nein«, sagte Frau Weißbrot. »Was sollte damit sein?«

»Nichts«, sagte Frau Dorn.

In dieser Nacht verlor Frau Dorn das Bewusstsein und erlangte es nicht wieder.

Frau Weißbrot hatte ihr ›Guten Morgen‹ gesagt und keine Antwort erhalten, sie hatte es für Unwillen aufseiten

Frau Dorns gehalten, und erst bei der Visite wurde klar, dass die sie nicht hatte hören können.

Man verlegte Frau Dorn auf die Intensivstation und schob Frau Weißbrots Bett ans Fenster. Sie blieb den ganzen Tag liegen, erst als es dämmerte, stand sie auf, nahm die Leselampe, bückte sich damit zum Bettgestell und betrachtete es eine Weile.

Zwei Tage später kam ein junger Mann zu Besuch. Frau Weißbrot sah ihn, als sie mit ihrer Tochter zum Ausgang ging. Er hatte hellblondes, wirres Haar und saß eine halbe Stunde lang am Bett von Frau Dorn.

Prügelei, Samstagnachmittag, ohne Zuschauer

Mieke traf sich immer samstagnachmittags mit Judith Paffke, um sich mit ihr zu prügeln. Sie traf sie am Spielplatz, und ich wusste nichts davon. Im Nachhinein finde ich das erstaunlich, denn wir gingen selten alleine irgendwohin. Aber Mieke war eigen. Vielleicht fand sie mich nicht entschieden genug für diese Treffen, vielleicht fand sie auch, dass die Angelegenheit keine Zuschauer vertrug.

Ich kann mir das Prügeln nicht wirklich vorstellen. Ich weiß nicht, ob sie Regeln hatten, wie lange sie sich schlugen und was dabei erlaubt und was verboten war, sicher scheint mir nur, dass Mieke nicht groß geredet haben wird.

Sie wird in einem der langen Kleider mit Spitzenkragen gegangen sein, die unsere Mutter für uns kaufte. Sie wird nicht ausgesehen haben, als wäre sie auf dem Weg zu einer Prügelei.

Auf dem Klassenfoto der dritten Klasse steht Judith Paffke neben Mieke. Sie trägt kein rosafarbenes Kleid und Ballerinas wie die anderen Mädchen, sondern eine blaue Hose und einen rot-weißen Pullover mit einem kleinen Pferd darauf. Sie hat die Arme hinter dem Rücken verschränkt und lacht, während Mieke die Augenbrauen hebt.

Uns hänselten die anderen Kinder wegen unserer Kleider. »Schwangerschaftskleider«, riefen sie, aber wir kamen nicht auf den Gedanken, andere zu fordern. Unsere Mutter kaufte die gleichen für Mieke und mich. Auch das beanstandeten wir nicht, weil uns die meisten Leute ohnehin nicht unterscheiden konnten. Unser Vater nicht, unsere Brüder nicht, und diejenigen, die es konnten, brauchten dafür keine unterschiedlichen Haarspangen oder verschiedenfarbige Röcke.

Ich weiß nicht, warum Mieke ausgerechnet mit Judith Paffke verfeindet war. Mir scheint im Nachhinein, dass es ebenso die altkluge Emma Schlott hätte sein können oder der breitbeinige Stefan Paul, der uns statt Aschhof Friedhof nannte. Vielleicht passte Judith Paffke, weil sie nicht so stark war wie Stefan Paul, aber interessiert daran, sich zu prügeln, was Emma Schlott nie gewesen wäre, und weil Judith Paffke bereit dazu war, verfeindet zu sein.

Ich erinnere mich, dass Mieke einmal in der Turn-Umkleide sagte, Judiths kleiner Bruder sei eine Missgeburt. Hinterher musste sie sich in der Klasse dafür entschuldigen, das heißt, wir beide mussten uns entschuldigen, weil Judith sagte, die Zwillinge hätten es gerufen. Ich fand das ungerecht, aber ich hatte nicht den Mut zu widersprechen, dabei hatte ich mich über das Wort Missgeburt gewundert, weil ich es noch nie gesprochen gehört hatte und weil es ein so gewaltiges Wort war, das Mieke da herausschleuderte.

Wir waren an diesem Tag zu spät zur Schule gekommen, weil es so stark geregnet hatte, dass viele Regenwürmer über den Gehweg krochen. Mieke fürchtete, dass sie überfahren würden, sammelte sie ein und trug sie zurück auf den Rasen. Es dauerte lange, und es regnete in Strömen. Ich fand es eklig, die Regenwürmer anzufassen, aber natürlich war es richtig, was Mieke tat, und so sammelte ich mit.

Frau Bilse, die Handarbeitslehrerin, fragte, warum wir so spät kämen, aber Mieke wollte es ihr nicht sagen, und so trug sie uns in Klassenbuch ein, und dann sagte sie noch, dass Mieke mit vier Häkelquadraten höchstens eine vier bekomme. Mieke war die Schlechteste in Handarbeit, ich war die Zweitschlechteste, und in der Regel häkelte und strickte unsere Mutter in der Nacht vor der Abgabe die Decken und Westen zu Ende, aber diesmal hatte sie es nicht geschafft. Sie hatte lange mit unserem Vater im Wohnzimmer gesessen. Es ging um den Tachometerstand des Autos.

»Natürlich bist du dorthin gefahren«, hatte sie gesagt.

Ich war vor der Tür stehen geblieben und hatte gehorcht, aber nicht viel verstanden, vielleicht hatte unser Vater nicht geantwortet. Er war wie ein Gast in unserer Familie, jemand, der noch keine bessere Unterkunft gefunden hat und sich bis dahin möglichst im Hintergrund hält.

An dem Abend des Tages, als wir uns bei Judith Paffke entschuldigen mussten, ging ich spät noch einmal in die Küche, um ein Glas Wasser zu trinken, und als ich in den Ausguss sah, schimmerte dort etwas golden. Es war tief unten, ich konnte nicht erkennen, was es war, und als jemand den Flur entlangkam, ging ich schnell wieder in unser Zimmer.

Am nächsten Tag kamen Mieke und ich pünktlich, und das, obwohl wir noch an der Mauer vorbeigegangen waren, in der wir unsere Steine hatten. Es war eine Waschbetonmauer mit bunten Steinen darin. Mieke hatte einen weißen runden und ich einen länglichen braunroten, über die wir kurz mit der Hand strichen. Wir selber wurden ungern angefasst und fassten andere nicht an, wenn wir nicht mussten, aber wir mussten auch nicht, weil niemand in unserer Familie fürs Anfassen war.

In der ersten Stunde hatten wir Biologie bei Herrn Österle, der aussah wie eine füllige Robbe und dem es gleichgültig war, wann man kam.

Er hatte ein großes Bild mit Meerestieren und Fischen aufgehängt und erklärte, dass Fische interessanter seien als ihr Ruf und dass das Leben aus dem Wasser komme. Emma Schlott fragte, was die Fische tief unten im Wasser überhaupt sehen könnten, und Herr Österle sagte, das sei eine gute Frage und dass Fische anders als wir Menschen Schwarzlicht sehen könnten. Er sagte, dass die Fische ihre Augen nicht schließen könnten, nicht einmal zum Schlafen.

Nach der Biologiestunde verteilte Judith Paffke Einladungen zu ihrem Geburtstag. Sie verteilte sie an Marc und Konstantin, die immer überall eingeladen waren, und an alle Mädchen außer Nicole Fischer, die bei ihren Großeltern wohnte, weil ihre Mutter nicht für sie sorgen konnte. Zu meiner Überraschung bekamen auch wir eine Einladung, obwohl Mieke erst vor zwei Tagen Missgeburt gerufen hatte.

Unsere Mutter kaufte für Judith Paffke ein Puppen-Bade-Set mit einer kleinen rosafarbenen Bürste und einem passenden Kamm und Spangen, dazu ein Buch. Sie kaufte immer sehr schöne Geschenke für die Kindergeburtstage, aber ich glaube nicht, dass wir deswegen eingeladen wurden, eher, weil unser Vater Professor war. Die waren in unserem Ort selten. Aber darüber habe ich erst später nachgedacht.

Wir hätten das Bade-Set gern für uns behalten und auch das Buch. Mieke und ich rissen aus Büchern, die traurig endeten, die letzten Seiten heraus oder übermalten sie schwarz. Manchmal, wenn ich heute so ein Buch finde, freue ich mich über das Schwarz am Schluss, diese Entschiedenheit, das Ende selbst zu bestimmen. Manchmal frage ich mich auch, ob wir damals ahnten, dass die Dinge bei uns selbst den falschen Verlauf nehmen würden und wir deshalb wenigstens in den Geschichten ein bisschen aufräumen wollten.

Judith wohnte in einem kleinen Haus hinter einem Jägerzaun, und drinnen roch es nach Fleisch, obwohl die Metzgerei von Judiths Vater im Nachbarhaus war. Als wir Frau Paffke Guten Tag sagten, fragte ich mich, ob sie wusste, was Mieke gerufen hatte.

Aber sie war sehr freundlich und sagte: »Da sind ja die Zwillinge, ich habe viel von euch gehört.«

»Darf ich mir mal Judiths Bruder ansehen?«, habe ich Judiths Mutter gefragt und war erstaunt über meinen Mut.

Judiths Mutter schien nicht überrascht und nahm mich mit ins Nebenzimmer, wo der Bruder in einer Wiege schlief. Er sah ganz normal aus, ein bisschen wie Judith mit seinem blonden Haar und der Haut, die sehr rosa war.

»Was für ein hübsches Kind«, sagte ich zu Judiths Mutter, wie eine alte Tante.

Später spielten wir Verstecken im Garten. Ich hatte ein sehr gutes Versteck neben dem Tümpel, und während ich noch tiefer unter einen Busch kroch, sah ich eine Bewegung im Wasser. Es sah aus wie ein Fisch, aber der Schwanz fehlte.

»Den Schwanz hat der Kater gefressen«, sagte Judith, »aber er lebt trotzdem. Alle anderen sind schon weg.«

Gewonnen hat Mieke. Sie hatte sich unter das Polster der Hollywoodschaukel gelegt und sich eine halbe Stunde lang nicht gerührt, bis Konstantin rief, dass sie jetzt aufgäben. Ich stand daneben, als er zu Marc sagte, Mieke habe unter dem Polster gelauert wie die Muränen aus Arielle, die Meerjungfrau. Es klang nicht anerkennend, deshalb sagte ich: »Du bist ja nicht mal eine Krabbe.«

Ich kannte Arielle, die Meerjungfrau, nicht. Wir durften zu Hause nur wenig fernsehen, aber wir versuchten trotzdem mitzuhalten. Manchmal lasen wir die Beschreibung von Filmen in der Fernsehzeitung und taten hinterher so, als hätten wir sie gesehen.

Einmal, als ich heimlich fernsah statt Hausaufgaben zu machen, erwischte mich mein Vater und gab mir einen Klaps. Unsere Brüder schlug mein Vater regelmäßig, aber bei uns hörte das auf, vielleicht, weil es ihm bei Mädchen nicht passend vorkam. Aber vermutlich gaben wir einfach keinen Anlass dazu, und unsere Erziehung fiel ohnehin nicht in den Aufgabenbereich unseres Vaters.

An diesem Abend bin ich, als Mieke schlief, noch einmal aufgestanden und ins Badezimmer und in die Küche gegangen. Ich habe in alle Ausgüsse geguckt, aber nirgendwo etwas Goldenes gesehen.

An unserem neunten Geburtstag nahm mein Vater mich mit in den Zoo, weil es dort schön sei für Kinder, aber auch lehrreich. Mieke weigerte sich, mitzukommen.

Wir gingen nicht zu den Affen, weil dort alle hinwollten und mein Vater Verachtung hatte für das, was alle taten. Also besuchten wir stattdessen das Aquarium, wo außer ein paar alten Männern niemand war. Mein Vater ging vorüber an Fischen, die rot und blau leuchteten und an Quallen wie riesige Puddinge. Er ging zum Becken mit den Haien und zeigte auf einen bräunlich gefleckten, der sich am Grund schlängelte.

»Auf seinem Kopf hat er ein drittes Auge«, sagte mein Vater.

»Ja«, sagte ich, obwohl ich bloß eine kahle Stelle sah, die vielleicht nur ein Fleck war.

»Er sieht damit nichts«, sagte mein Vater. »Aber er fühlt das Licht.«

Vor der Schur

Bernward Kreutzträger hatte nie eine besondere Nähe zu Schafen gespürt. Dennoch beschloss er an einem Mittwoch, sich einer kleinen Herde anzuschließen.

Kreutzträger hatte in den vorangegangenen Wochen zunehmend gereizt auf die Nähe anderer Menschen reagiert. Es ärgerte ihn, wenn sich Fahrgäste im Bus neben ihn setzten. Er wurde zornig, wenn Leute auf der Straße vor ihm liefen, aber er wurde auch zornig, wenn sie hinter ihm gingen. Bernward Kreutzträger wusste, dass sein Zorn grundlos war, und als er in Versuchung geriet, eine dicke Frau, die mit Tüten beladen vor ihm schlenderte, umzustoßen, rief er die Telefonseelsorge an.

»Ich bin voller Zorn«, sagte er zu der Dame der Telefonseelsorge.

»Wissen Sie, warum?«, fragte sie.

»Nein«, sagte Bernward Kreutzträger.

Die Dame empfahl ihm eine Gruppentherapie. Im Austausch mit anderen könne er vielleicht eine Antwort finden, sagte sie.

Bernward Kreutzträger fand die Idee einer Gruppentherapie abschreckend. Er erinnerte sich, dass eine Kusine einmal voller Freude über ihre Therapiegruppe gesprochen hatte. Die Mitglieder der Gruppe hatten ihr mitgeteilt, dass sie Angst vor ihr hätten und dass sie für ihr Empfinden zu viel rede, aber das hatte ihrer Begeisterung keinen Abbruch getan. Bernward Kreutzträger wollte nicht Teil einer solchen Gruppe sein. Doch am Mittwochmorgen las er einen Artikel über einen Bräutigam, der die gesamte Hochzeitsgesellschaft erschossen hatte. Er sei sehr zornig gewesen, sagte der Bräutigam den Polizisten, die ihn festnahmen. Worüber er zornig gewesen war, konnte er nicht erklären.

Am Nachmittag ging Bernward Kreutzträger spazieren und traf hinter einer Wegbiegung unvermittelt auf eine Schafherde. Es waren zwölf Tiere, und nur zwei sahen auf, als Bernward Kreutzträger sich ihnen näherte. Er beschloss, die Herde einmal pro Woche für eine Stunde aufzusuchen. Es schien ihm das zu sein, was er leisten konnte und musste.

Bernward Kreutzträger war Gärtner und schätzte seinen Beruf. Er fand am Leben der Pflanzen und an ihrem Miteinander viel Interessantes. Schließlich musste sich der Adlerfarn genauso wie er selbst vor Übergriffen schützen, doch Bernward Kreutzträger war bewusst, dass das Einlagern von Blausäure kein gangbarer Weg für ihn war.

Zur ersten Sitzung brachte er einen Klappstuhl mit. Als er den Zaun überstieg, lief die Herde an das andere Ende der Weide. Er setzte sich mit dem Rücken zu ihnen, aber auch nach Ablauf der Stunde mieden die Schafe seine Nähe.

Am Abend las er in *Brehms Tierleben* das Kapitel über Schafe. Brehm hatte ihnen nichts abgewinnen können. Er fand sie ängstlich und dumm und zog ihnen die Ziegen vor. Bernward Kreutzträger fragte sich, ob er sich einer Ziegenherde hätte anschließen sollen, aber er wusste nicht, wo er eine finden sollte. Vielleicht wäre es auch zu einfach gewesen, schließlich ging es nicht um Sympathie. Als Kind hatte Bernward Kreutzträger einen roten Kater gehabt, der sich abends wie ein Schal um seinen Hals gelegt hatte. Der Kater war plötzlich an einem Herzfehler gestorben, und Bernward Kreutzträger hatte nie wieder die Nähe eines Tieres gesucht.

Auch am folgenden Mittwoch entfernte sich die Herde von ihm. Nach einer halben Stunde kamen Spaziergänger an der Weide vorüber, und Bernward Kreutzträger erhob sich von seinem Stuhl und versuchte, den Eindruck eines Schäfers zu erwecken.

Es schien ihm, dass er keine Fortschritte machte, und als sich beim Bäcker ein Halbwüchsiger vordrängelte, spürte er große Wut in sich aufsteigen. Auf dem Rückweg kam er bei einem Friseurgeschäft vorbei. Es war ein billiger Friseur, der Trockenschnitte und Dauerwellen anbot, und im Fenster hing das verblichene Foto eines Mannes, dessen Kopf voller kleiner Locken war.

»Er sieht aus wie ein Schaf«, dachte Bernward Kreutzträger, ging hinein und verlangte die gleiche Frisur.

»Das haben wir nur noch selten«, sagte die Friseurin, »die meisten Männer Ihres Alters lassen sich den Kopf rasieren.«

»Im Sommer vielleicht«, sagte Kreutzträger, dann schwieg er.

Als er das nächste Mal die Herde besuchte, erschienen ihm die Tiere weniger schreckhaft, aber das konnte auch an den Brotresten liegen, die er mitbrachte. Die Schafe drängten sich nach vorn, schnappten mit gelblichen Zähnen nach dem Brot und liefen davon. Bernward Kreutzträger freute sich, dass sie das Brot akzeptierten, aber ihm missfiel, wie sie sich gegenseitig abdrängten.

»Sie haben doch genügend Gras«, dachte er, »wie soll es denn werden, wenn sie einmal wirklich hungrig sind?«

Er setzte sich auf seinen Stuhl, während sich die Schafe im hinteren Drittel der Weide niederließen. Ein Lamm näherte sich, aber als Bernward Kreutzträger es anblökte, lief es davon. Er versuchte, sich die einzelnen Tiere und ihre Eigenheiten einzuprägen, aber außer einem mit auffallend kurzen Ohren und einem, das ihm ungewöhnlich dick erschien, sahen sie für ihn alle gleich aus. Ihm gefiel das stetige Blöken der Lämmer und das Antworten der Mütter, aber ihr Blick erschien ihm gelblich-dumm.

Bei der Arbeit fiel Bernward Kreutzträger eine Axt so unglücklich auf den Fuß, dass er mit dem Bus zum nächsten Treffen fuhr. An der Haltestelle stand ein Punk mit einem großen grauen Hund.

»Dürfte ich den Hund für ein Projekt kurz leihen?«, fragte Kreutzträger. »Ich zahle auch.«

»Er geht ohne mich nirgendwohin«, sagte der Punk.

»Ginge es in Sichtweite?«, fragte Kreutzträger.

»Können wir probieren«, meinte der Punk.

Sie fuhren gemeinsam zur Herde, doch sobald der Hund die Tiere sah, sträubte sich sein Fell.

»Keine gute Idee«, rief der Punk, »ein Bock hat ihn mal gerammt. Was willst du überhaupt von den Schafen?«

»Ich brauche sie als Gegenüber«, sagte Bernward Kreutzträger und wandte sich um.

»Aber das Geld gibst du mir schon noch«, rief der Punk.

Für einen Hund, der Angst vor Schafen hat, dachte Kreutzträger, aber er griff nach seinem Portemonnaie.

Er fragte sich, zu wie viel weiteren Sitzungen mit den Schafen er verpflichtet sei. Angesichts der ausbleibenden Fortschritte setzte er fünf Stunden an. Beim nächsten Treffen brachte er Werkzeug und Bretter mit. Er baute einen Parcours mit sechs Hindernissen auf, obwohl er wusste, dass Schafe ungeübte und unwillige Springer sind. Er wählte den Teil der Wiese, in den die Schafe üblicherweise vor ihm auswichen, doch keines sprang über den Parcours, nicht einmal die Lämmer. Als Bernward Kreutzträger das nächste Mal kam, waren die Hindernisse zertrümmert. Er fragte sich, ob die Schafe damit ihren Unmut hatten ausdrücken wollen, und betrachtete sie mit neuer Sympathie.

Vor dem letzten Treffen ging Bernward Kreutzträger in ein Zoofachgeschäft. »Ich möchte Leckerlis für eine Schafherde kaufen«, sagte er.

»Sind es Mastschafe?«, fragte der Zoofachhändler.

»Ich glaube nicht«, sagte Bernward Kreutzträger und wurde zornig, weil er es nicht wusste.

»Woran würde ich es erkennen?«, fragte er.

»Sie sind fleischiger«, sagte der Zoofachhändler.

»Sie sind nicht sehr fleischig«, sagte Bernward Kreutzträger. »Sie sind eher unauffällig.«

»Es werden ostfriesische Milchschafe sein«, sagte der Zoofachhändler. »Das sind die meisten hier.«

Er holte ein Buch aus seinem Büro und zeigte auf das Foto eines weißen Schafs mit seitlich ausgeklappten rosigen Ohren. Daneben stand, dass das ostfriesische Milchschaf großrahmig und frohwüchsig sei, aber Bernward Kreutzträger fand, dass es im Vergleich zur Moorschnucke, die einem Teppich ähnelte, uninteressant wirkte. Er kaufte zwei Kilo gequetschten Hafer, vier Kilo Sojaextraktionsschrot und, weil er nicht knauserig sein wollte, auch noch vier Kilo Melasseschnitzel.

Bernward Kreutzträger dachte, dass man die Abschlusssitzung nicht in die Länge zu ziehen brauchte. Ihm schien, dass die Treffen keinen Erfolg gezeigt hatten. Aber wer war schuld daran? Er setzte sich auf seinen Klappstuhl und betrachtete die Trümmer seines Parcours. Dann verstreute er die Melasseschnitzel, das Sojaextraktionsschrot und den Hafer, während die Herde in die andere Hälfte der Weide davonlief. Am nächsten Tag ging er zu dem billigen Friseursalon und ließ sich die Haare scheren.

Adam

Frau Schönherr wohnte im zweiten Stock links. Es war eine sehr große Wohnung für einen einzelnen Menschen. Vier Zimmer, ein Balkon und eine Loggia Den Balkon benutzte Frau Schönherr an Tagen, die mit M beginnen und am Wochenende, die Loggia an Tagen mit D. Die Loggia hatte kaum Sonne, Frau Schönherr saß dort im Schatten, wenn auf dem Balkon die Sonne schien.

Die Nachbarn hielten sie für sonderbar, wie auch nicht, aber Frau Schönherr sagte die Dinge mit einer kühlen Bestimmtheit, die Nachfragen erschwerte.

Ich habe sie nur ein einziges Mal besucht.

Frau Schönherr war groß und mager, sie trug Samtkleider in leuchtenden Farben und dazu farblich passende Ringe. Ihr weißes Haar war zu einem instabilen Knoten zusammengesteckt, geschminkt war sie nie. Es schien, als wäre ihr ihr Äußeres eigentlich gleichgültig und die Buntheit der Kleider und die Ringe dienten der selbst gesetzten Aufgabe, die Farben zu würdigen.

Frau Schönherr mochte Kinder nicht besonders und gab sich keine Mühe, das zu verbergen. Es kam vor, dass sie die Augenbrauen hob, wenn sie an uns vorüberging, während wir uns auf dem Spielplatz stritten.

Von daher war ich überrascht, dass sie mich hereinbat, als ich mit einem Brief bei ihr klingelte, den der Briefträger versehentlich uns gebracht hatte.

Ich bekam ein Glas Apfelsaft, das sie auf einen Untersetzer auf den Wohnzimmertisch stellte. Im Haushalt meiner Eltern gab es keine Glasuntersetzer, es gab auch keine Gruppenbilder von Menschen in Anzügen und Musselinkleidern oder gelbstichige Fotos von nackten Säuglingen auf Tierfellen.

»Ist das Ihre Familie?«, fragte ich und deutete auf ein Bild, auf dem ein fülliges Ehepaar mit einem staksigen Mädchen zu sehen war.

»Ja«, sagte Frau Schönherr knapp.

Ich schwieg, und sie schwieg, und dann sagte sie unvermittelt: »Ich habe ein Haustier.«

»Oh«, sagte ich und fragte mich, wo sie dieses Tier wohl hielt. Im Wohnzimmer stand kein Katzenkorb, kein Vogelkäfig, nichts, was auf die Anwesenheit eines Tieres hätte schließen lassen.

»Es ist ein Röhrenolm«, sagte Frau Schönherr. »Er heißt Adam.«

»Wo lebt er?«, fragte ich.

»Natürlich in einer Röhre«, sagte Frau Schönherr, und es schien, als bereute sie bereits, ein Gespräch mit mir begonnen zu haben.

»In der Heizungsröhre?«, fragte ich und hoffte, dass es eine sinnvolle Frage war.

»Ja«, sagte Frau Schönherr. »Dort hat er den meisten Auslauf.«

Sie sagte, dass es ein großes Glück sei, einen Röhrenolm bei sich zu haben. Sie seien selten und sehr anspruchsvoll in der Auswahl ihres Wohnortes. Röhrenolme, sagte Frau Schönherr, mochten es eng, aber nicht zu eng, sie wollten auf keinen Fall auf andere Röhrenolme treffen und ihr leichter Schlaf erfordere große Rücksichtnahme. Adam sei da keine Ausnahme, aber sobald er aufwache, sei er sehr lebhaft und verspielt. Schließlich sei ein dreiundsiebzigjähriger Röhrenolm ein Heranwachsender.

»Gestern habe ich Adam nach Stunden in der Zuleitung zur Badewanne gefunden«, sagte Frau Schönherr. »Kein Hund käme auf so einen Gedanken.«

Ich dachte an Alba, die Schnauzerhündin von Frau Krapp im ersten Stock, die hysterisch kläffte, wann immer sie Frau Schönherr im Treppenhaus begegnete.

Frau Schönherr schien sie nicht zu hören, während Frau Krapp sagte: »Ich kann mir das gar nicht erklären. Alba ist doch sonst immer so freundlich.«

Aber es klang so, als fände sie es überhaupt nicht erstaunlich.

»Darf ich mir Adam einmal angucken?«, fragte ich und dachte dann, dass das eine dumme Frage sei. Wie sollte man sich einen Röhrenolm in einer Röhre ansehen?

»Natürlich«, sagte Frau Schönherr. »Versuchen wir es im Badezimmer.«

Das Badezimmer war lindgrün gekachelt, und die Rohre liefen im Zickzack von der Heizung über die Decke und dann zur Badewanne. Kein Wunder, dass Adam hier wohnt, dachte ich.

Frau Schönherr klopfte zweimal mit dem Zeigefinger an die Rohre, so wie man an eine Tür klopfen würde, aber nichts tat sich.

»Er wird unterwegs sein«, sagte sie und nahm mich mit in die Küche.

Aber auch dort war Adam nicht und auch nicht im Schlafzimmer und auch nicht im Esszimmer. Frau Schönherr blieb mit mir im Flur stehen. Sie senkte den Kopf und schien nachzudenken. Dann öffnete sie die Tür zu einer

Abstellkammer, wo ein schmales Rohr über der Wandleiste entlanglief.

»Wenn Adam Zweifel hat, ist er hier«, sagte sie.

Ich wunderte mich, woran ein Röhrenolm zweifeln könnte, aber ich wagte nicht zu fragen.

Frau Schönherr klopfte gegen das Rohr. Nichts tat sich. Sie klopfte noch einmal, und man hörte ein leises Gurgeln.

»Das ist Adam«, sagte sie. »Er ist grün und so lang wie mein Arm.«

Grüne Röhrenolme, sagte Frau Schönherr, seien besonders lebhaft und agil, sie lebten auch in schmalen Röhren, anders als die braunen, die Gefahr liefen, dicklich zu werden und die Röhren zu verstopfen.

Ich sah Adam vor mir, grün und wendig und voller Launen, und dachte, natürlich wohnt er bei Frau Schönherr und nicht bei Frau Krapp, die sicher Angst um ihre Röhren hätte, und Alba würde sich die Seele aus dem Hals kläffen.

Ich hätte gern länger mit Frau Schönherr über Adam und die Röhrenolme im Allgemeinen gesprochen, aber sie sagte unvermittelt: »Nun gut, es wird Zeit«, und brachte mich zur Wohnungstür.

»Frau Schönherr hat einen Röhrenolm«, sagte ich zu meinem Vater, der den Ablauf unserer Küchenspüle reinigte. Der Ablauf war verstopft und mein Vater schlecht gelaunt.

»Röhrenolme«, sagte er. »Sehr lustig.«

Zwei Tage später traf ich Frau Schönherr im Treppenhaus.

»Wie geht es Adam?«, fragte ich.

Frau Schönherr schien mich nicht zu hören, sie hob die Augenbrauen und ging wortlos die Treppe hinauf.

An diesem Abend sagte mein Vater, dass die Wohnung zu teuer für uns sei und dass wir umziehen würden.

Ich habe Frau Schönherr nur noch einmal gesehen, als ich im Keller nach Glühbirnen suchte. Sie trug ein flaschengrünes Samtkleid und stand unter einem sehr dicken Leitungsrohr.

»Man verirrt sich so leicht«, sagte sie und klopfte gegen das Rohr, wie man an eine Tür klopft.

Die Sanftheit ihrer Haut

Oleg hatte gelesen, dass sich die Menschen in Japan im Dunkeln liebten und dass sie Schönheit vor allem an der Glätte und Sanftheit der Haut festmachten. Er wusste nicht mehr, wo er es gelesen hatte, aber er hatte es nicht vergessen. Er behielt es in seinem Kopf wie einen Klang, der ihm gefiel. Manchmal dachte er daran, wenn er ins Schwimmbad ging. Es war ein altes Stadtbad um die Ecke, von außen sah es aus wie eine zu klein geratene Burg mit Giebeln und Erkern, und innen liefen schmale, holzvertäfelte Gänge auf den großen Schwimmsaal mit seinen schilfgrünen Kacheln zu.

Oleg ging dreimal pro Woche ins Schwimmbad. Er schwamm ungern, aber es schien ihm die verträglichste Form von Bewegung. Er kam am frühen Abend und schwamm zehn Bahnen, er war der einzige Brustschwimmer unter den Männern. Er fragte sich, ob Brustschwimmen schon immer als unmännlich gegolten hatte, heutzutage taten das nur Frauen, die Männer kraulten, und einige konnten sogar Schmetterlingsschwimmen.

Am frühen Abend war es meist leer. Nur vier Leute schwammen im Becken, Oleg kannte sie alle vom Sehen. Es waren zwei alte Frauen mit Badekappen, die violetten Krautköpfen glichen, eine junge Frau, die so mager war, dass ihre Rippen deutlich zu sehen waren, und ein dicker Mann mittleren Alters, dessen Rücken dicht behaart war.

Oleg betrachtete sie unauffällig, während er seine Bahnen zog. Er musterte die faltigen Oberschenkel der alten Frauen, die dürren Arme der jungen Frau und den haarigen Rücken des dicken Mannes. Er fragte sich, wer von ihnen beim Umziehen in den großen Spiegel in der Umkleidekabine sah.

Am Sonntag ging er ins ethnologische Museum. Es gab dort eine Ausstellung »Rausch und Ekstase«, und er wollte wissen, wie viel Platz die Menschen dem Rausch und der Ekstase in ihrem Leben einräumten und ob es welche gab, die sie als etwas Alltägliches betrachteten. Aber auf den Schautafeln neben den Vitrinen stand nur, wo die Ayahuasca-Liane und der Peyote-Kaktus wuchsen, und in den Vitrinen waren Mörser und Schalen aufgereiht. In einer Ecke war ein Regal angebracht. *Für Blinde* stand darüber, in regulärer und in Brailleschrift, und in dem Regal waren zwei Figuren und eine Reihe tönerner Pfeifen aufgestellt. Den Blinden war erlaubt, sie zu betasten, aber da kein Aufseher im Raum stand, betastete auch Oleg sie. Die eine Figur war ein entenartiger Vogel aus poliertem dunklem Holz. Das Schild daneben erklärte, dass die Mitglieder eines indigenen Volks ihn herumreichten, bevor sie sich in Trance versetzten. Die zweite war eine Frauenskulptur aus Elfenbein, mit schweren Brüsten und einem riesigen Bauch. Oleg befühlte den vorstehenden Nabel, aber dann näherte sich ein Aufseher, und er stellte sie rasch ins Regal zurück. Oleg fragte sich, ob er sich als Blinder ausgeben sollte, aber er wusste nicht, wie, und so ging er rasch aus dem Saal.

Am nächsten Tag ging er in ein Spielzeuggeschäft, um sich selbst etwas zu schenken. Es gab dort Plastikfinger, aus denen man eine Fontäne Kunstblut herausschießen konnte, und eine Creme, die Haut wie eine schwärende Wunde aussehen ließ, aber in einer Ecke stand auch eine Schale mit Glasmurmeln. Oleg wählte eine grün schillernde. Auf dem Rückweg geriet er in ein Gewitter. Es regnete so stark, dass er wie durch eine Wand ging und das Wasser bald in seinen Schuhen stand. Er lief den ganzen Weg zu Fuß, statt den Bus zu nehmen; zu Hause trocknete er sich flüchtig die Haare und legte sich ins Bett.

Er träumte, er ginge in ein Kaufhaus und kaufte Wolle und Stricknadeln. Doch an der Kasse stand ein Geist statt eines Verkäufers oder zumindest eine Gestalt, die unter einem weißen Betttuch steckte.

»Sind Sie der Tod?«, fragte Oleg.

»Nicht, dass ich wüsste«, sagte der Geist. »Ich tue hier nur meine Arbeit.«

Als er aufwachte, erinnerte sich Oleg, dass ihn die Antwort kurz erleichtert hatte. Aber beim Verlassen des Kaufhauses hatte er sich gefragt, ob der Geist ihm nur die Wahrheit nicht zumuten wolle.

Oleg hatte Fieber, kein hohes, aber 39 Grad schienen ihm ein ausreichender Grund, um sich krank zu melden.

Er arbeitete im Grünflächenamt der Stadt. Zuvor war er in der Krankenhausverwaltung beschäftigt, aber dann hatte man das Krankenhaus privatisiert und die Mitarbeiter in die verschiedenen Verwaltungen verteilt. Oleg prüfte nun Rechnungen über Gartengeräte und Baumbeschnitt statt solche über Verbandsmaterial und Katheter. Das bedeutete für seine Arbeit keinen großen Unterschied, aber er versuchte sich in die neue Materie einzuarbeiten und besuchte gelegentlich Bestimmungskurse an der Volkshochschule. Der erste Kurs widmete sich Büschen und Gehölzen, und Oleg hatte gelernt, den holzigen Holunder vom Flieder mit seinen herzförmigen Blättern zu unterscheiden, aber im zweiten Kurs ging es um Gräser, und Oleg hatte sich außer dem Knäuelgras, das auffallend buschig war, keine weiteren merken können.

An dem Kurs hatte auch eine von Olegs Kolleginnen teilgenommen. Sie hieß Filiz. Er mochte ihren Namen, und er mochte auch ihre Hände, die klein und weich gepolstert waren wie die einer Putte. Aber die Vorstellung, sie anzufassen, war ihm fremd, nicht unangenehm, doch es schien keinen vernünftigen Grund zu geben, es zu tun. Filiz war am Telefon, als er in der Grünflächenverwaltung anrief.

»Kann man etwas für dich tun?«, fragte sie.

»Ein Strauß Knäuelgras wäre schön«, sagte er und dass er in zwei Tagen wieder da sein werde.

»Ich mache mich auf die Suche«, sagte Filiz. »Gute Besserung.«

Ins Schwimmbad ging er erst nach zwei Wochen wieder. Auf halber Strecke kehrte er um, weil er die Murmel vergessen hatte.

Es war ein Mittwochnachmittag, und außer den alten Damen mit den kohlartigen Kappen schwamm niemand im Becken. In der Bademeisterkabine saß ein junger Mann mit dunkelblondem Haar und leicht gebräunter Haut, der hinaustrat, als er Oleg kommen sah.

»Guten Tag. Ich bin die Bademeisteraushilfe. Ich heiße Jakob«, sagte er. »Damit Sie wissen, wer Sie vorm Ertrinken retten soll.«

»Das ist beruhigend«, sagte Oleg und dachte, dass ihn der Bademeister an einen Stoffgeparden erinnerte, mit dem er als Kind gespielt hatte.

Oleg ging zum Becken, die Murmel hielt er in der Hand

und hoffte, dass der Aushilfsbademeister ihn nicht beobachten würde.

Er hielt sich eine Weile am Rand fest, dann schwamm er zum anderen Ende des Beckens, tauchte hinab und legte die Murmel in einen kleinen Vorsprung am Grund. Anschließend schwamm er zehn Bahnen und stieg aus dem Becken.

»Sie sind wieder da«, sagte eine der alten Damen.

»Hilft ja nichts«, sagte Oleg.

»Nein, es hilft nichts«, sagte die Dame. »Man hat nur diesen Körper.«

Oleg sah auf ihre knotigen Füße in den weißen Badesandalen. Er fragte sich, ob sie ihr selbst fremd waren, ob sie morgens aufwachte und sie zornig besah.

»Das ist wohl wahr«, sagte er und verabschiedete sich.

Am Montag war das Schwimmbecken nahezu voll, eine Schulklasse lärmte an der ersten Bahn, auf der zweiten schwammen die beiden alten Frauen und der Mann mit dem haarigen Rücken. Das dünne Mädchen stand am Rand und sprach mit Jakob. Sie hatte die Beine eng verschränkt und die Arme umeinandergelegt, als könnte sie sich dadurch bekleiden. Oleg schwamm zehn Bahnen. Als er danach an der Bademeisterkabine vorüberging, winkte Jakob, und Oleg nickte ihm zu.

Im Grünflächenamt war wenig zu tun. Die Pflanzzeit war vorüber, und Filiz und er dehnten die Mittagspause lange aus.

Oleg fragte Filiz, welches Tier am tiefsten tauchen könne. Sie war sich unsicher, aber sie erinnerte sich, dass Pinguine gute Taucher waren und dass sie eine Nickhaut über den Augen besaßen, die sie wie eine Schutzbrille über ihre Netzhaut klappen konnten. Sie war Biologin, er hatte nie verstanden, ob sie gern im Grünflächenamt arbeitete oder ob sie lieber weiter geforscht hätte. Einmal hatte sie von ihrer Doktorarbeit erzählt. Es ging darin um die Frage, ob Pflanzen von bestimmten Nachbarschaften profitierten, weil das Licht dort vorteilhaft für sie gestreut wurde, oder ob es reiner Zufall war, wer neben wem wuchs. Filiz hatte sieben Jahre an der Arbeit gesessen, aber hinterher hatte kein Verlag sie veröffentlichen wollen, weil ihre Messungen zu ungenau waren.

Auf dem Nachhauseweg kam er an einem Sportgeschäft vorbei. Er fuhr in den dritten Stock hinauf und sah sich bei den Schwimmbrillen um. Es gab durchsichtige, gelbliche und bläuliche. Er kaufte die bläuliche.

Beim nächsten Besuch im Schwimmbad versuchte Oleg, eine ganze Bahn zu tauchen, aber nach der Hälfte hatte er das Gefühl zu ersticken und stieg an die Oberfläche auf. Am Rand stand Jakob.

»Es ist nur eine Frage der Übung«, sagte er.

»Aha«, sagte Oleg und betrachtete Jakobs braun gebrannte Arme. Er fragte sich, ob er sie gern berühren würde. Er glaubte es nicht.

»Es hilft schon«, sagte Jakob, »sich auf den Rücken zu legen und zu spüren, wie sich der Bauch beim Atmen hebt und senkt.«

»Wollen Sie das einmal versuchen?«

»Beim nächsten Mal«, sagte Oleg. »Vielen Dank.«

Er ging zum Ausgang und spürte, wie unbeholfen sein Gang auf den Fliesen war. Um sich abzulenken, sah er in das Becken neben sich, wo der Mann mit dem haarigen Rücken kraulte. Er erzeugte heftige Wellen, und eine der alten Damen folgte ihm mit großem Abstand.

Filiz hatte eine Woche Urlaub, und Oleg verbrachte die Mittagspausen alleine.

Als sie wiederkam, brachte sie einen Kuchen in der Form einer Tulpe mit. Sie hatte eine Stelle an einer Universität in den Niederlanden gefunden, die sich für ihre Arbeit zu den Nachbarschaftsverhältnissen der Pflanzen interessierte.

»Es war lange in der Schwebe«, sagte sie. »Deswegen habe ich nichts erzählt.«

Sie sagte, dass sie noch einmal im alten Brehm nach dem Leben unter Wasser nachgelesen habe. Wobei man wissen müsse, dass der Brehm unter Zoologen längst als unwissenschaftlich abgeschrieben sei. Sie sei auf den Schlammspringer gestoßen, einen lichtbraunen Fisch mit silbernen Flecken, der, wenn er sich sicher fühle, im Wasser hüpfe, manchmal in Gruppen, als würde er spielen.

»Wenn sie sich verfolgt fühlen«, sagte Filiz, »bohren sie sich in den Schlamm, um für Feinde unsichtbar zu werden.«

»Ich selbst lebe ja ohne Feinde«, sagte Oleg und lobte die Torte.

Obwohl er in dieser Woche schon dreimal dort gewesen war, ging er nach Dienstschluss ins Schwimmbad.

Er schlüpfte an der leeren Bademeisterkabine vorbei, stieg ins Becken und tauchte ab. Er wandte sein Gesicht nach oben und sah im bläulichen Licht die Absperrkette, sah die mageren Beine des dünnen Mädchens, den dicken Bauch des haarigen Mannes und die knotigen Füße der alten Frau. Er tauchte weiter, bis er zum Vorsprung kam, an dem er die Murmel abgelegt hatte. Sie war noch da, und direkt daneben sah er einen Griff an den Fliesen. Er zog daran, und eine Klappe öffnete sich. Sie war schmal, aber er zwängte sich dennoch hindurch, und noch während er es tat, wunderte er sich, dass es möglich war.

Meine allerliebsten Freunde

Meine Mutter hebt ihre Briefe nicht auf, aber bei Neales Briefen hat sie eine Ausnahme gemacht. Wir können sie wieder hervorholen und vorlesen.

Meine allerliebsten Freunde, schreibt Neale, *erinnert Ihr euch an mich? Ich schicke Fotos, damit Ihr euch erinnert.*

Aber wir holen die Briefe selten hervor. Vermutlich glauben wir, dann über das Ausbleiben der Briefe sprechen zu müssen. Vielleicht würden wir uns fragen, ob wir sie genauer hätten lesen müssen.

Hätten April und William nicht etwas Unaussprechliches getan, hätten wir Neale nie kennengelernt. Aber April und William taten etwas, das die Lehrerin der Zuni-Highschool nicht erklären wollte, das aber so schwerwiegend war, dass weder William noch April mit nach Deutschland reisten.

An ihrer Stelle ist Neale gekommen, aber sie ist den Schäfers zugeteilt worden, nicht unserer Familie. Herrn Kreuzberg, der den Austausch organisierte, lag mehr am Wohlwollen der Schäfers als an unserem. Das sagt zumindest Merle. Vielleicht überschätzt sie den Glanz, den die Schäfers um sich verbreiteten, einen BMW- und Weitläufiger-Bungalow- und Eigenes-Unternehmen-Glanz, aber schließlich kennt sie Herrn Kreuzberg besser als ich.

Wir haben keinen Kontakt mehr zu den Schäfers. Zu

Neale haben wir auch keinen mehr, aber das ist etwas anderes. Es ist wie eine Spur, die sich verliert, aber von der man glaubt, dass sie nur unterbrochen sei, als wäre der andere durch einen unbekannten Fluss geschwommen, um irgendwann wieder aufzutauchen.

Ich erinnere mich nicht mehr, was ich gedacht habe, als ich Neale zum ersten Mal sah. Sie war klein, hatte schwarze Augen und schwarzes, dauergewelltes Haar. Ihre Jeans waren vorgebleicht und eng, und sie trug Turnschuhe. Ich glaube, dass mich die Enge der Jeans überrascht hat. Enge Jeans gehörten für mich zu Amerikanern, aber nicht zu Indigenen. Vielleicht dachte ich, dass sie nicht die Mode der Leute tragen wollten, die ihre Kultur ausgerottet hatten.

Merle und ich trugen keine Jeans. Wir waren zwar den blauen Faltenröcken unserer Mutter entwachsen, stattdessen hatten wir nun aber Stoffhosen und unförmige Wollpullover an. Solange Merle mit Florian Schäfer zusammen war, schminkte sie sich manchmal, aber nur ein bisschen, und danach hat sie es nie wieder getan.

Neale wohnte bei den Schäfers, und Merle radelte jeden Tag dorthin. Ich kam nicht mit. Vielleicht hat sie mich gefragt, ich weiß es nicht mehr, aber schließlich war Florian ihr Freund, ihr erster Freund, und damit waren die Schäfers ihr Ort, nicht meiner. Zwillinge haben klare Grenzen zwischen ihren Gebieten. Sie sind stillschweigend gezogen, aber man kennt sie genau und hütet sich, sie zu übertreten.

Neale und Merle haben sich also kennengelernt, ohne dass ich es hätte beobachten können. Ich kann nicht sagen, ob sie zu Beginn Konversation betrieben haben. »Welches ist dein Lieblingsfach?«, oder: »Was liest du gern?« Über

Musik können sie nicht gesprochen haben, denn Merle und ich kannten damals nur Bach, Mozart und Georges Moustaki, weil es die Musik war, die unsere Mutter hörte. Meine erste aufgenommene Kassette habe ich von Neale bekommen. Lyle Lovett und Leonard Cohen.

Eigentlich kann ich mir nicht vorstellen, dass Merle und Neale Konversation machten. Merle liegt es nicht besonders und Neale vielleicht noch weniger.

Später, als ich dabei war, hat Neale Merle oft geneckt. Ich glaube, geneckt ist das richtige Wort, weil es zärtlich und manchmal auch bösartig war, auf jeden Fall war es sehr vertraut. Ich habe sie nie ein langes, ernsthaftes Gespräch führen hören. Neale neckte Merle, manchmal sang sie: *»First comes love, then comes marriage, here comes Merle with the baby carriage«*, und dann sagte sie: *»Just kidding«*, wenn Merle, die größer war als Neale und auch kräftiger, sie packte und ein bisschen schüttelte.

Neale sagte nicht Merle, sondern Clara, das ist Merles zweiter Name. Niemand sonst nennt sie so, und sie weiß selber nicht, warum Neale es tat.

Neale hatte auch einen zweiten Namen, einen geheimen Namen, der etwas mit ihrer Religion zu tun hatte und den nur ihre Familie kannte. Sie schenkte meiner Mutter Holzfiguren, *katchinas*, die Götter darstellten, und sie ließ immer einen kleinen Rest für die Ahnen auf ihrem Teller. Mehr weiß ich nicht über ihre Religion, gefragt habe ich nie. Wenn Neale etwas davon erzählte, verstand ich wenig. Nicht weil ihr Deutsch nicht gut genug gewesen wäre, sondern vielleicht, weil es so viele Götter zu sein schienen und weil es kein Schema gab wie bei den antiken Göttern, wo man sich eine Großfamilie vorstellen konnte. Einmal kam eine Bekannte meiner Mutter zu Besuch, eine Soziologin, die gern genau nachfragt. Die Bekannte hat Neale befragt, zum Leben in Zuni und zu ihrer Religion, aber sie hat viel zu viel nachgebohrt. Dass es zu viel war, hat Neale hinterher nur angedeutet, wie immer, wenn ihr etwas nicht gefiel.

Aber all das passierte erst, als Neale zum zweiten Mal nach Deutschland kam und dann bei uns blieb. Davor lud sie Merle zu sich nach Zuni ein.

Neale wohnte dort bei Beth, die als Lehrerin an der Highschool arbeitete. Neales Mutter hatte die Familie verlassen, Neale ist als kleines Kind zu Beth gekommen. Es gab einen Vater, fünf Geschwister und viele andere Verwandte, die Neale auch gelegentlich sah, aber der Vater war Alkoholiker, und Neale sollte nicht bei ihm bleiben.

Beth war rundlich und freundlich. So hat Merle es mir erzählt. Sie war allein und suchte damals einen Freund. Einmal sind sie abends weggefahren, und als sie mit dem Auto losfuhren, hat Beth die Scheibe heruntergekurbelt und geschrien: *»Hello world, we are coming.«*

Merle muss das damals sehr beeindruckt haben, sie hat es mir mehrmals erzählt.

Zu Neale war Beth streng. Sie durfte abends nur bis acht Uhr wegbleiben, musste regelmäßig das Haus putzen und ihre Hausaufgaben vorlegen. Sie müssen sich oft über diese Dinge gestritten haben. Wahrscheinlich hatte Beth Angst, Neale würde schwanger werden wie viele Teenager dort. Aber sie hat es nie offen gesagt, und es ist ja auch nicht so gekommen. Es ist nur anders schlimm gekommen.

Zuni hatte eine Primary School und eine Highschool, und dann gab es noch ziemlich viele Schmuckgeschäfte, wo die Zunis ihren Türkis-Schmuck an Touristen verkauften. Für die Jungen gab es in Zuni nicht viel zu tun außer mit ihren Autos herumzufahren. Einmal hatte ein Junge einen Hund absichtlich überfahren. Merle hatte es gesehen. Ich glaube, dass Zuni damit für sie erledigt war. Sie hat es nicht ausdrücklich gesagt, und ihr war sicher klar, dass das ungerecht war.

Als sie nach Deutschland zurückkehrten, brachten Merle und Neale zwei Mountainbikes mit. Damals kamen solche Räder hier gerade erst auf, es war ungewohnt, Merle darauf zu sehen, fast so, als trüge sie Jeans. Ihr Rad war gelb und ständig kaputt, aber sie hat es immer noch.

Neale hatte ein Zimmer neben Merles. Es roch gut darin. Die Kosmetikfirmen in Deutschland begannen damals erst, Frucht- und andere Aromen in ihre Cremes zu mixen, und Neale umgab immer ein zarter Geruch von Kokos oder Mandel.

Manchmal trug sie jetzt Röcke und Blusen. Sie ging abends gerne weg, tanzen oder ins Kino oder in eine Kneipe. Florians Freunde – wir selbst hatten nicht viele – nahmen uns mit, aber Merle und ich fühlten uns höchstens im Kino wohl oder bei Gesellschaftsspielen, bei denen man nicht viel sagen musste.

Neale ging mit großer Selbstverständlichkeit überallhin. Sie hatte dieses Selbstverständliche auch an Orten, die ihr nicht vertraut waren, bei Verwandtenbesuchen oder im Theater. Vielleicht war sie dort zurückhaltender, aber kaum merklich. Merle wird es bemerkt haben, die anderen sicher nicht.

Mit Neale haben Merle und ich unser erstes eigenes Fest gefeiert. Halloween, das man damals in Deutschland kaum kannte. Neale hat mit großer Begeisterung Gesichter in

Kürbisse geschnitten, Burritos zubereitet und Girlanden in unserem Hobbykeller aufgehängt. Eine davon hängt immer noch über dem Klavier. Die Dekoration glitzerte in Gold und Silber. Neale mochte Farbe, und alle Geschenke, die sie für uns kaufte, waren farbig. Farbig und viel zu teuer für sie. Porzellan-Harlekine in Goldkostümen, die wir in unseren Regalen aufstellten. Als Neale nicht mehr zu uns kam, sind sie irgendwann in einer Umzugskiste verschwunden.

Irgendwann hat Neale Wolfram getroffen, den Freund eines Freundes von Florian. Er wurde Wolle genannt, war etwas älter als wir und arbeitete als Verkäufer in einem Sportgeschäft. Wolfram und Neale begannen eine Beziehung, obwohl das nie ausgesprochen wurde. Wenn Wolfram sie abholte, sagte Neale, dass sie jetzt Billard spielen gingen. Merle sagt, dass Neale wenig darüber erzählte. Meist habe es nach einer Freundschaft geklungen, und nur ganz selten und plötzlich habe Neale von Heirat und Kindern gesprochen. Wenn man Neale und Wolfram zusammen sah, waren sie nicht als Paar zu erkennen. Sie hielten nicht Händchen, sie küssten sich nicht. Wolfram blieb oft im Auto und hupte, damit Neale herunterkam. Wenn er einmal hochkam, bemühten wir uns um Freundlichkeit, aber viel zu sagen wussten wir nicht.

Neale ist mit uns zur Schule gegangen, aber nur in den Englischunterricht, und sie hat an der Volkshochschule einen Deutschkurs besucht. Merle und ich haben Abitur gemacht.

Merle und Florian haben sich getrennt und versöhnt und getrennt. Sie ist weggezogen, um Biologie zu studieren, und ich bin nach Paris gegangen und habe gehofft, dass dort alles anders werden würde.

Neale ist zu den Shalako-Tänzen nach Zuni gereist. Es ist ihr wichtigstes religiöses Fest, Touristen dürfen nicht zusehen. Neale hat unserer Mutter ein Buch darüber geschenkt. Sie hat »la madre« zu ihr gesagt, und ich glaube, dass es meine Mutter gefreut hat.

Außer ihr gab es keine Kinder mehr im Haus. Sie hat neben Merles leerem Zimmer gewohnt, hat Wolfram getroffen, und morgens ist sie mit unserer Mutter ins Schwimmbad gegangen, wo sie zwanzig Bahnen geschwommen ist. Sie hat einen letzten Deutschkurs gemacht. Manchmal ist sie zu Merle gefahren. Nach ihrem einundzwanzigsten Geburtstag hat mir Neale einen Brief geschrieben.

Einfach herrlich, schreibt sie. *Freunde waren da, und Merle ist gekommen und hat für mich gesungen.*

Einmal haben mich die beiden in Paris besucht. Es war dort nichts anders geworden, und ich hatte mich wochenlang auf ihren Besuch gefreut. Es gab keine Freunde, die ich ihnen hätte vorstellen können, also sind wir zusammen ins Kino gegangen und haben Neale durch die Läden begleitet. Aber nicht lange, weil Merle in fremden Städten, nachdem sie die Museen angesehen hatte, am liebsten zu Hause blieb.

Damals sagte Neale, dass sie Deutsch an der Universität von New Mexico studieren und dann Deutschlehrerin in Zuni werden wolle. Aber als sie zurück in Zuni war, war sie sich nicht mehr sicher, sodass unsere Mutter begann, nach möglichen Berufen in Deutschland zu suchen. Sie hat Formulare für Erzieherinnen- und Krankenschwesterausbildungen nach Zuni geschickt, und manche von ihnen hat Neale ausgefüllt zurückgeschickt. Es war schwierig herauszuhören, ob sie wirklich Krankenschwester werden wollte, und die Idee hat sich allmählich verlaufen.

Aus dieser Zeit gibt es einen Brief von ihr, in dem sie uns alle nach Zuni einlädt. Wie in jedem Brief entschuldigt sie sich, dass sie so lange nicht geschrieben habe, und wie in jedem Brief sagt sie, dass sie bald ausführlicher schreiben werde.

Ich umarme Dich ganz fest, la madre, steht am Ende.

Wir sind damals nicht gefahren, und im nächsten Semester ist Neale an die Universität von New Mexico gegangen und hat begonnen, Deutsch und Betriebswirtschaft zu studieren. In ihren Briefen erzählte sie von ihren Kursen und dem Babysitten. Von Beth schrieb sie nicht.

Einmal weinte sie am Telefon; sie vermisse uns, sagte sie, und ihr Deutsch wurde schlechter.

Unsere Mutter schickte Geld für einen Flug nach Deutschland, aber sie kam nicht. Irgendwann bekamen wir einen Brief von ihr. Sie schrieb, sie wolle uns gern sehen, bald, und dass sie sich bei uns melden werde.

Unsere Mutter hat noch einmal Geld geschickt, für einen neuen Flug, aber Neale ist wieder nicht gekommen. Sie hatte kein Telefon, deshalb haben wir Beth angerufen, aber die wusste nichts von Neale.

Merle und unsere Mutter haben ihr geschrieben, aber es ist keine Antwort mehr gekommen.

Merle glaubt, dass sie angefangen hat zu trinken. Sic sagt es nicht so direkt, sie sagt, Beth habe einmal erzählt, dass Neales Vater ein Alkoholproblem gehabt habe. Wir reden nicht weiter darüber. Ich glaube, dass wir uns Neale nicht betrunken vorstellen wollen.

Merle hat jetzt zwei Kinder. »Ich würde gern ein Au-pair-Mädchen suchen«, sagte sie neulich und dann meinte sie, dass es vielleicht Neale sein könnte. Aber sie hat nicht in Zuni angerufen.

Kürzlich haben wir Wolfram auf der Straße getroffen, er hat uns gefragt, ob wir etwas von Neale gehört hätten.

Nein, sagten wir, wir haben nichts gehört.

Das Volk der Midianiter

Frau Buck stand neben dem Jungen, als der Ladendetektiv ihn ansprach.

»Komm mal mit«, sagte der Detektiv, und der Junge ging hinter ihm her auf eine Bürotür zu.

Der Junge hatte ein Mardergesicht, aber er folgte dem Detektiv widerspruchslos.

Frau Buck hatte gesehen, wie er eine Funkuhr aus dem Regal genommen und in seine Jackentasche gesteckt hatte. Sie hatte sich gewundert, wie langsam er es tat, aber dann hatte sie gedacht, dass er möglicherweise ein unerfahrener Dieb war.

Der Detektiv war sehr plötzlich neben ihnen aufgetaucht, ein junger Mann mit Ring im Ohr und Tätowierungen auf dem Arm.

Frau Buck dachte, dass sie es geschickter gemacht hätte als der Junge. Sie dachte, dass Warenhausdetektive Jugendliche mit Mardergesicht vermutlich genauer beobachteten als alte Frauen. Aber sie war sehr einverstanden damit, dass der Junge gefasst worden war, schließlich waren die Spielregeln des Einkaufens allen bekannt.

Am Abend ging sie zum Bibelgesprächskreis ihrer Gemeinde. Gewöhnlich kamen außer ihr drei weitere Frauen und ein Mann. Der Mann trug einen weißen Bart und war milde, die eine der Frauen war mittelalt, füllig und sehr gefühlvoll, die beiden anderen waren Freundinnen mit weißen Dauerwellen und sagten nie etwas. Frau Buck erinnerten die Locken an Pudel, und die Frauen erschienen ihr sehr alt, obwohl sie jünger waren als sie.

An diesem Abend sollte es um Lieblingsstellen in der Bibel gehen. Die gefühlvolle Frau sagte, ihre Lieblingsstelle sei das Hohe Lied der Liebe. Ihr gefielen die vielen Bilder und das Üppige, der Hals der jungen Frau sei dort ein elfenbeinerner Turm und ihre Augen seien wie Teiche, und der milde Mann sagte, seine liebste Stelle sei die Bergpredigt, weil sie so viel Hoffnung mache.

Frau Buck sagte, sie habe keine Lieblingsstelle und dass sie sich frage, warum immer nur vom Neuen Testament die Rede sei und nie vom Alten, das sicherlich schwerer verdaulich sei, aber schließlich auch Teil der Bibel.

»Vielleicht könnte ich das nächste Mal eine Beispielstelle mitbringen«, sagte Frau Buck und dachte, dass sich die Leute im Gesprächskreis die Sache zu einfach machten.

»Diese Rachegeschichten sind mir fremd«, sagte die gefühlvolle Frau, aber der milde Mann meinte, dass alle Anliegen gehört werden sollten.

Der Bibelkreis löste sich an diesem Abend früh auf. Frau Buck ging befriedigt, aber zugleich schämte sie sich und versuchte, beim Abschied herzlich zu sein.

Am nächsten Tag gab sie sich Mühe mit ihrer Garderobe. Sie wählte einen Faltenrock, einen taubengrauen Wollmantel mit Gürtel und einen gleichfarbigen Hut mit rosa Stoffblume an der Krempe. Den Hut hatte sie von ihrer Schwester geerbt. Ihre Schwester war vor drei Jahren gestorben, obwohl sie fünf Jahre jünger gewesen war als Frau Buck. Sie war heiter und lebensuntüchtig gewesen, und Frau Buck versuchte zu vergessen, dass sie tot war, aber es gelang ihr nicht.

Frau Buck hatte noch einen Bruder, der sie jeden Donnerstag anrief. Er tat es aus Pflichtgefühl, die Telefonate waren zäh, und sie versuchte, nicht zu Hause zu sein, wenn er anrief.

Auf dem Weg zum Kaufhaus überlegte sie, was sie stehlen würde. Sie brauchte nichts, deswegen entschied sie, es dem Augenblick zu überlassen. Sie fuhr mit der Rolltreppe bis ins oberste Geschoss und dann hinab ins Untergeschoss in die Lebensmittelabteilung.

Am Eingang stand eine verhärmt aussehende Frau, die gold-grün glänzende Getränkedosen verteilte.

»So weckt man den Tiger«, sagte sie ausdruckslos und hielt einem Mann im Trainingsanzug eine Dose entgegen.

»Ich bin auch interessiert«, sagte Frau Buck und trat näher.

»Das ist eher für junge Leute gedacht«, sagte die Frau mürrisch, »aber wenn Sie wollen …«

»Sie sind auch nicht mehr jung«, antwortete Frau Buck.

Es tat ihr leid, sobald sie es gesagt hatte, und sie entschuldigte sich, aber die Getränke-Frau wandte sich wortlos um und tat so, als hörte sie sie nicht.

Frau Buck ging eilig weiter bis zur Süßwarenabteilung. Dort drehte sie sich einmal nach beiden Seiten um und ließ zwei Tafeln Schokolade in ihre Tasche gleiten. Dann ging sie langsam weiter in den Gang mit Schreibwaren und nahm ein Vokabelheft aus dem Regal. An der Kasse bezahlte sie das Heft. Sie fühlte sich ruhig, nur am Ausgang fürchtete sie kurz, dass ein Alarmsignal losgehen könnte. Aber es blieb still.

Zum nächsten Bibelgesprächskreis brachte sie eine der Schokoladen mit. Im Eingang zum Gemeindehaus hing ein Marienbild. Das Jesuskind, das fast vom Schoß seiner

Mutter fiel, erinnerte Frau Buck in seiner Pummeligkeit an ihre Schwester, und sie vermied es, hinzusehen.

»Wie aufmerksam von Ihnen«, bedankte sich eine der Frauen, die nie etwas sagten, und nahm ein Stück Schokolade.

»Vielleicht möchten Sie den Abend einleiten«, sagte der milde Mann, und Frau Buck meinte, dass manche Stellen des Alten Testaments vermutlich erschreckend seien, aber dass man nicht die Augen davor verschließen dürfe. Sie las Absatz 31 aus dem 4. Buch Mose, in dem es um den Sieg der Israeliten über die Midianiter geht und Mose sein Volk anherrscht, weil es zu schonend mit dem Feind umgegangen war.

»So erwürget nun alles, was männlich ist unter den Kindern, und alle Weiber, die Männer erkannt und beigelegen haben«, las Frau Buck und dachte, dass es kein Wunder sei, dass der Pfarrer im Gottesdienst diesen Text nicht weiter kommentiert hatte.

Es gab eine gewisse Pause, nachdem sie gelesen hatte.

Dann sagte der milde Mann: »Möchte jemand etwas zu dem Gehörten sagen?«

Niemand sagte etwas.

»Vermutlich muss man es in seiner Zeit sehen«, meinte der Mann schließlich. »Das Stammesleben folgte ja sehr eigenen Gesetzen.«

Dann sprachen sie darüber, ob sie etwas zum Gemeindefest beitragen könnten, und die gefühlvolle Frau schlug vor, das nächste Mal gemeinsam Kekse zu backen, um sie dann zu verkaufen. Die Damen, die nie etwas sagten, versprachen, die Zutaten für Zimtsterne mitzubringen. Frau Buck sagte nichts, weil sie sicher war, dass sie nicht kommen würde.

Auf dem Nachhauseweg sah sie eine Roma mit einem

Kind im Arm auf dem Bürgersteig sitzen. Sie fand es falsch von der Frau, das Kind mit in die Bettelei einzubeziehen. Dann dachte sie daran, dass sie einmal von einem Experiment gelesen hatte, bei dem Theologiestudenten, die über das Gleichnis vom Guten Samariter predigen sollten, an einem Bedürftigen vorbeigeschickt wurden, weil man herausfinden wollte, wie die Studenten reagierten. Die meisten hatten nicht geholfen. Frau Buck dachte, dass auch sie möglicherweise etwas an dem Hilfebedürftigen auszusetzen gehabt hatten.

Sie legte eine Münze in die Schale, die vor der Frau auf dem Boden stand.

Im Treppenhaus begegnete ihr die Frau des Hausmeisters.

»Haben Sie all die Bettler gesehen?«, fragte die Hausmeister-Frau.

»Ich habe nur eine Frau gesehen«, sagte Frau Buck.

»Es sind Clans«, sagte die Hausmeister-Frau. »Sie leben nach ihren eigenen Gesetzen und raffen zusammen, was sie kriegen können, und lachen sich tot über die Dummen, die glauben, dass sie tatsächlich krank sind.«

»Woher wissen Sie das?«, fragte Frau Buck.

»Das steht doch in der Zeitung«, sagte die Hausmeister-Frau. »Das wissen alle.«

Am nächsten Morgen fand Frau Buck in der Post eine Werbepostkarte des Zoos, der dazu einlud, die Kaiserpinguine und ihren Nachwuchs anzusehen.

Frau Buck war auf dem Weg zur Bushaltestelle und überquerte einen Zebrastreifen, als sie ein lautes Scheppern hörte. Ein schwarzer BMW war auf einen beuligen Kombi aufgefahren. Im BMW saß ein schmierig aussehender Mann mit Sonnenbrille, der im Wagen sitzen blieb und die Scheibe herunterließ, als sich ihm der Kombi-Fahrer, ein großer Mann mit Nickelbrille und Latzhose, näherte.

»Sie sind gerade auf meinen Wagen aufgefahren«, sagte der Latzhosen-Mann.

»Das müssen Sie erst mal beweisen«, sagte der Schmierige.

»Haben Sie beobachtet, was passiert ist?«, wandte sich der Latzhosenmann an Frau Buck. Frau Buck hatte nichts gesehen, aber es war, als stünde sie auf einem hohen Sprungturm, und sie sagte: »Ja, habe ich.«

Sie sagte, dass der Kombi plötzlich gestoppt habe und der BMW deshalb aufgefahren sei.

»Aber ich habe nicht plötzlich gestoppt«, sagte der Latzhosenmann, und der BMW-Mann nahm seine Sonnenbrille ab und musterte Frau Buck.

»Das ist, was ich gesehen habe«, sagte sie. »Ich muss jetzt weiter.«

Der BMW-Mann sagte, dass sie die einzige Zeugin sei und ihre Aussage wertvoll für die Polizei.

»Ich kann Ihnen meine Telefonnummer hinterlassen«, sagte Frau Buck und gab ihm die Nummer des Hausmeisters.

Sie erreichte den Zoo sehr spät, es dämmerte bereits, und man konnte die Pinguine nur als dunkle Schemen auf ihrem Felsen erkennen. Sie bewegten sich kaum und erschienen Frau Buck wie eine Versammlung von Toten. Sie versuchte, einen Pinguin-Laut hervorzubringen, aber sie wusste nicht, wie Pinguin-Rufe klangen, und keiner antwortete ihr.

Am Mittwoch fuhr sie in die Innenstadt, um im Kino die Kindervorstellung anzusehen. Sie mochte Märchenverfilmungen, am liebsten solche mit Ungeheuern, die sich verwandelten, und sprechenden Tieren. Es lief der Froschkönig, aber sie war abgelenkt, weil der Junge neben ihr die ganze Zeit hin und her zappelte, bis sie sich zu ihm beugte und ihm zuraunte: »Wenn du nicht sofort ruhig sitzt, verwandle ich dich in einen Stein.« Der Junge verzog das Gesicht und wollte sich zu seinem Vater wenden, doch Frau Buck hob drohend eine Augenbraue, und er setzte sich gerade hin und schwieg.

Auf dem Nachhauseweg nahm sie die S-Bahn. Sie kaufte keine Fahrkarte und fragte sich, ob sie Kontrolleure erkennen würde. Sie hatte gehört, dass sie in der Regel zu zweit kämen und an getrennten Türen einstiegen. An der dritten Station kam ein fülliger Mann mit Bürstenhaarschnitt herein.

»Die Fahrkarten bitte«, sagte er.

Frau Buck fühlte einen kurzen Schreck, als höbe sich ihr Magen für einen Moment, dann machte sich eine große Gleichgültigkeit in ihr breit. Sie nahm das Kinoprogramm aus ihrer Tasche und blätterte darin.

Der füllige Mann kam zu ihrem Abteil.

»Ihren Fahrschein bitte«, sagte er zu Frau Buck.

»Ich habe ihn wohl vergessen«, sagte sie und fragte sich, ob sie jetzt in ihrer Tasche kramen sollte, aber es schien ihr übertrieben.

»Haben Sie einen Ausweis dabei?«, fragte er.

»Nein«, sagte Frau Buck, obwohl sie ihn bei sich hatte, aber sie nahm an, dass er etwas sagen würde wie: »Dann denken Sie das nächste Mal an Ihren Fahrschein.«

Doch der Kontrolleur sagte: »Dann steigen Sie jetzt bitte mit mir aus.«

Frau Buck folgte ihm an der nächsten Station hinaus, und während sie ausstieg, sah sie eine der Frauen aus dem Bibelkreis, die nie etwas sagten, zwei Bänke entfernt sitzen.

Die Frau nickte ihr zu, Frau Buck nickte zurück und fragte sich, ob die Frau, die nie etwas sagte, die Situation richtig erfasste.

Der Kontrolleur schrieb ihre Adresse auf und sagte, dass sie Post von den Verkehrsbetrieben erhalten werde. Er sagte, dass ihre Daten registriert, aber nach drei Jahren gelöscht würden, wenn sie nicht wieder beim Fahren ohne Fahrschein aufgegriffen werde.

Frau Buck gefiel es, dass er nicht ausschloss, dass sie ein weiteres Mal schwarzfahren würde, aber sie störte sich an dem Wort »aufgreifen«.

»Läge es in Ihrem Ermessen, jemanden gehen zu lassen?«, fragte sie.

»Ich bin nicht daran interessiert«, sagte der Kontrolleur und riss den Vordruck von seinem Block ab.

Als die nächste S-Bahn kam, stieg er in den ersten Wagen ein.

Frau Buck wartete, bis er darin verschwunden war, und stieg in den letzten.

Am nächsten Abend rief ihr Bruder an, weil Donnerstag war. Er sprach lange über die Winterreifen für seinen Wagen. Er sagte, dass man als Autofahrer Verantwortung trage und dass die Regenrinne seines Hauses eingefroren sei.

»Und du?«, fragte er schließlich.

»Ich mache Ausflüge«, sagte Frau Buck unbestimmt, und ihr Bruder fragte, ob sie bereits wisse, dass sein Enkel Sieger im Zwergenrodeln geworden sei.

»Ist er nicht zu füllig dafür?«, fragte Frau Buck, die wusste, dass die Mutter des Enkels voller Furcht vor kindlichem Übergewicht war, und dann verabschiedete sie sich.

Am Sonntag zog sie den taubengrauen Mantel und den Hut mit der Blume an und ging in den Gottesdienst.

Der Pfarrer sagte, dass sie das Glaubensbekenntnis trotz seiner Sperrigkeit sprechen würden, und Frau Buck fragte sich, was er mit Sperrigkeit meinte und ob es zu viel verlangt sei, an die Auferstehung von den Toten zu glauben oder zumindest eine gewisse Bereitwilligkeit dazu zu zeigen.

Während die Orgel spielte, leerte sich die Kirche, aber Frau Buck blieb in ihrer Bank sitzen. Sie hörte, wie der Organist die Kirche verließ, und als sie sicher war, allein zu sein, ging sie zum Eingang des Gemeindesaals.

Sie nahm das Bild mit dem drallen Jesuskind von der Wand, es ließ sich leicht herunterheben, öffnete ihren Mantel und schob es darunter.

Dann hörte sie ein Husten, wandte sich um und sah eine der Damen, die Schafen glichen und nie etwas sagten, auf einer Bank neben der Tür sitzen.

Paul Unkrich klingelte nicht

Paul Unkrich war sich rückblickend nicht sicher, ob er wirklich etwas gehört hatte oder ob es nur ein Knacken gewesen war, das er falsch gedeutet hatte. Aber als er an einem Herbstabend nach dem Kino durch den Stadtpark ging, war er sich sicher, aus der Gegensprechanlage des früheren Pförtnerhauses ein Kind »Hallo« rufen zu hören.

Es war kein verzweifeltes Hallo, eher ein fragendes, so schien es Paul Unkrich. Er überlegte, ob das Kind wohl auf einem Stuhl stand, um an den Hörer der Gegensprechanlage zu gelangen.

Der Gedanke, zur Tür des Hauses zu gehen und zu antworten, kam ihm nicht.

Am nächsten Tag hatte Unkrich das Geräusch aus der Gegensprechanlage vergessen und erinnerte sich erst wieder daran, als er versuchte, ein Gespräch mit der Frau von der Zentrale des Finanzamts zu führen. Er hatte angerufen, weil er nicht wusste, ob das Finanzamt die Steuer bei ihm einzog oder ob er sich selbst darum kümmern musste, und da er die Stimme der Auskunftsfrau angenehm fand, versuchte er, das Gespräch in die Länge zu ziehen.

»Sind die Leute bereit, ihre Steuern zu zahlen?«, fragte er.

»Notgedrungen«, sagte die Frau vom Finanzamt.

»Wonach fragen die Leute am häufigsten?«, fragte Paul Unkrich.

»Nach ihren Sachbearbeitern«, sagte die Frau.

Dazu fiel Paul Unkrich nichts ein, deswegen fragte er ungelenk: »Unterhalten Sie sich manchmal mit den Anrufern?«

»Nein«, sagte die Frau. »Das tue ich nicht.«

»Würde das die Arbeit nicht interessanter machen?«, fragte Unkrich, der nicht gemerkt hatte, dass die Frau von der Auskunft aus der Leitung gegangen war.

»Hallo«, sagte er in den Hörer und bemerkte erst dann das Tuten.

Paul Unkrich war beschämt. Er fragte sich, ob er aufdringlich gewirkt hatte. Dann dachte er an das Kind im Pförtnerhaus.

Am nächsten Tag rief er beim Friseur an und bat um einen Termin. Dass er zum Friseur gehen solle, war die Idee seiner geschiedenen Frau gewesen, Monika, die nun, nachdem sie wieder geheiratet hatte, Monika Koppenhöfer hieß. Monika rief ihn mehrmals pro Woche an, und am Wochenende kam sie häufig auf einen Sprung vorbei, mal allein, mal mit Mann und Kind.

Unkrich war sich nicht sicher, ob sie den Kontakt suchte, weil sie ein schlechtes Gewissen hatte, ihn verlassen zu haben, oder weil sie seine Gesellschaft vermisste.

Sie erzählte viel vom Kind, das dick und heiter war, sie hatte Paul Unkrich gebeten, die Patenschaft zu übernehmen, und nach kurzem Zögern hatte er zugestimmt. Er mochte das Kind, und er mochte auch Albert Koppenhöfer, der freundlich und träge war und bei seinen Besuchen in der Regel mit einer Tasse Tee in der Hand das Bücherregal betrachtete. Währenddessen sprach Monika meist darüber, dass sein Architekturbüro nur langsam Kunden gewann und dass es fraglich sei, wie sie den Kredit fürs Haus abbezahlen sollten.

Immerhin war Albert Koppenhöfer, anders als Unkrich, sicher gewesen, dass er Vater eines Kindes hatte sein wollen, und ebenso sicher, dass sie in einem Einfamilienhaus mit Sprossenfenstern wohnen sollten und nicht in einer Zweizimmerwohnung, deren einziger Schmuck eine Sammlung alter Tierfallen war. Paul Unkrich hatte sie von seinem Onkel geerbt, der Künstler gewesen war und sich Fuchs-, Marder- und Mausefallen aus Frankreich hatte liefern lassen. Es hatte eine große Installation daraus entstehen sollen, doch dann war der Onkel überraschend gestorben, und die Fallen hatte außer Paul niemand haben wollen.

Als Paul Unkrich am nächsten Tag von der Arbeit kam, stieg er eine Bushaltestelle früher aus und ging zum Haus am Stadtpark, aus dem er das Kind gehört hatte. Er stellte sich vor die Gegensprechanlage. Es war nichts zu hören.

»Hallo«, sagte er vorsichtig. »Ist da jemand?«

Aber niemand antwortete. Er blieb noch fünf Minuten vor der Tür stehen. Zu klingeln wagte er nicht, und schließlich machte er sich auf den Heimweg.

Auf der Straße, die vom Stadtpark abbog, kam ihm ein alter Mann entgegen, der einen Hund an der Leine führte. Als Unkrich an ihm vorüberging, sah er, dass den beiden zwei Katzen folgten, die langsam, aber stetig näher kamen.

Sie schließen sich ihnen an, dachte Unkrich und erinnerte sich an einen kleinen Jungen, den er einmal auf einem Spaziergang beobachtet hatte. Der Junge hatte sich von seiner Familie gelöst und zu einer vor ihm gehenden aufgeschlossen, bis er auf einer Höhe mit dem Vater und dessen Söhnen ging, die keine Notiz von ihm nahmen.

Paul Unkrich ging oft spazieren. Er hatte in seinem Biologiestudium viel botanisiert, und hätte es eine Stelle für ihn gegeben, wäre er wohl Botaniker geworden. Stattdessen arbeitete er für ein Pharmaunternehmen namens Mautler. Er tat es nicht ungern. Ihm gefiel das Hantieren mit den Pipetten und Mörsern, er mochte die Ruhe bei der Arbeit, und der Abscheu vieler seiner Kommilitonen vor der Pharmaindustrie war ihm fremd. Mautler hatte sich auf die Entwicklung von Rheuma-Präparaten spezialisiert, und das fand Unkrich ehrenwert.

Die nächste Gegensprechanlage, in die Paul Unkrich sprach, war die des Nachbargebäudes von Mautler. Unkrich erschien sie vielversprechend, weil es ein Bürogebäude mit zehn Klingelschildern war.

»Guten Tag, mein Name ist Unkrich«, sagte er hinein, aber niemand schien ihn zu hören.

Unkrich war sich bewusst, dass die Wahrscheinlichkeit, dass gerade jemand den Hörer der Gegensprechanlage aufgenommen hatte, sehr gering war, aber er wollte auf keinen Fall klingeln. Es schien ihm, als verlöre das Gespräch sonst seine Kostbarkeit.

Er wartete eine Viertelstunde, in der er mehrmals in die Gegensprechanlage sprach. Nachdem er sich vorgestellt hatte, stockte er kurz und begann dann zu beschreiben, was auf dem Parkplatz von Mautler vor sich ging.

»Hier kommt ein großer Geländewagen angefahren«, sagte Paul Unkrich, »und ein dicker Mann steigt aus. Er sieht aus wie ein Pharmavertreter. Und hier, die Raucher. Herr Mielke führt das große Wort.«

Dann endete seine Mittagspause, und Unkrich ging zurück zur Arbeit. In den folgenden Tagen sprach Unkrich in die Gegensprechanlagen von drei Mehrfamilienhäusern, zwei Bürogebäuden und vier Einfamilienhäusern. Als er vor dem vierten Einfamilienhaus stand, kam eine Frau durch den Garten zur Tür.

»Wollen Sie zu uns?«, fragte sie.

»Nein danke«, sagte Unkrich verlegen. »Ich habe mich in der Hausnummer geirrt.«

Am nächsten Tag hatte er seinen Termin beim Friseur. Der Laden war sehr klein, auf einem riesigen grünen Kunstledersofa saß eine Frau, die rauchte, und auf einem Klappstuhl ihr gegenüber tippte ein Mann auf einem Laptop. Vom Friseur war nichts zu sehen.

»Ist der Friseur nicht da?«, fragte Paul Unkrich.

»Er musste kurz weg«, sagte die Frau.

Unkrich setzte sich neben sie auf das Sofa, man sah von dort in die Bar auf der anderen Straßenseite, in der neben der Theke zwei Flipperautomaten standen. An einem von ihnen hantierte ein Mann in weißem Kittel. Unkrich fragte sich, ob es ein Apotheker sei, bis sich die Tür der Bar öffnete, der Mann heraustrat und hinüber in den Friseurladen ging.

»Wer ist dran?«, fragte er mürrisch.

Als Unkrich an der Reihe war und der Friseur ihm die Haare gewaschen und fünf Minuten lang schweigend geschnitten hatte, sagte Unkrich: »Das ist eine umtriebige Ecke hier.«

Der Friseur schwieg weiter.

Unkrich ließ sich nicht beirren.

»Sicher hören Sie viele Geschichten«, sagte er.

»Irgendwann klingen sie alle ähnlich«, sagte der Friseur, und dann schwiegen beide.

Den nächsten Versuch unternahm Unkrich vor der Sprechanlage des Verbands der Augenärzte.

Er wartete ab, bis eine junge Frau mit ausladender pinker Brille klingelte und hineingelassen wurde, dann rief er schnell in die Anlage hinein. Es schien ihm ein vertretbarer Mittelweg zwischen seiner Weigerung zu klingeln und der Erfolglosigkeit des gänzlich Zufälligen zu sein.

»Guten Tag«, rief er. »Ich habe eine Frage: Wollen die Leute wirklich immer alles sehen oder sind sie ganz zufrieden, wenn vieles verschwommen bleibt?«

»Sie stellen Fragen, junger Mann«, sagte eine Frauenstimme.

»Wie ist denn Ihr Eindruck?«, fragte Unkrich, der sich diesen Beginn extra zurechtgelegt hatte.

»Die, die zu uns kommen, wollen etwas sehen«, sagte die Frauenstimme. »Das ist nicht so überraschend, oder?«

»Dann gibt es ein Dunkelfeld?«, fragte Unkrich.

»Da kommt meine Chefin«, sagte die Frauenstimme. »Ich muss mich verabschieden.«

Nach diesem Erfolg kam lange keiner mehr. Unkrich folgte einer Dame am Tor zum estnischen Konsulat, einem Mann am Liefereingang des Theaters und zwei Jugendlichen vor einem Mehrfamilienhaus, immer in der Hoffnung, noch jemanden auf der Gegenseite der Sprechanlage zu erwischen, aber niemand antwortete ihm.

Eine Woche später glaubte er auf dem Weg zur Arbeit aus der Sprechanlage eines Mehrfamilienhauses das dumpfe Flöten eines Wiedehopfs zu hören.

Unkrich fragte sich, ob sich jemand einen Wiedehopf hielt, fand es aber unwahrscheinlich. Vielleicht hatte er sich verhört, und es war einer der vielen exotischen Vögel, die er nicht kannte.

Er verbrachte seine Mittagspause damit, im Internet Vogelstimmen nachzuhören, und war zunehmend sicher, dass hinter der Gegensprechanlage tatsächlich ein Wiedehopf gesungen hatte.

Er verließ seine Arbeit früh, um erneut bei der Gegensprechanlage vorbeizugehen. Vor dem Haus parkte ein Auto, *Elektronik Ruski* stand darauf, und an der Haustür kniete ein Mann, der die Gegensprechanlage abschraubte.

»Die Sprechanlage ist kaputt«, sagte er zu Unkrich. »Wenn Sie reinwollen, müssen Sie anrufen.«

»Ich muss nicht rein«, sagte Unkrich und ging weiter.

Schließlich unternahm er noch einen Versuch vor dem Nachteingang eines Hotels.

Nachdem er zehn Minuten gewartet hatte, klingelte ein Paar in Abendgarderobe, und er hörte den Türöffner summen.

»Ich habe nur eine Frage«, rief er in die Gegensprechanlage.

»Gewiss«, sagte eine Männerstimme.

»Ich dachte, Nachtportiers seien eine aussterbende Gattung«, sagte Unkrich.

»Das vermag ich nicht zu sagen«, sagte die Männerstimme. »Mich gibt es jedenfalls noch.«

»Langweilt man sich nicht?«, fragte Unkrich.

»Doch. Gewaltig«, sagte die Männerstimme.

Unkrich fiel nichts mehr ein.

»Vielen Dank«, sagte er und ging.

Der Erfolg machte ihn mutig, und er folgte einer jungen Frau, die am Eingang eines Mehrfamilienhauses klingelte.

»Guten Abend«, sagte er in die Sprechanlage.

»Was willst du?«, fragte eine Frauenstimme barsch.

»Ich suche das Gespräch«, sagte Unkrich.

»Hau ab, du Spanner«, schrie die Frau, und er ging rasch davon.

Am folgenden Sonntag kam Monika vorbei. Sie räumte die Fallen aus dem Weg, denn das Kind hatte zu krabbeln begonnen, und erzählte, dass Albert und sie über ein zweites Kind nachdächten.

»Dann wären wir komplett«, sagte sie. »Das Leben mit Kindern ist so viel reicher.«

Dann fragte sie, wozu er seine freie Zeit nutze.

»Ich erforsche Gegensprechanlagen«, antwortete Paul Unkrich.

»Das klingt nicht nach einem ergiebigen Forschungsgegenstand«, sagte Monika, sie wirkte unfroh und ging früh.

Am nächsten Abend lief Unkrich nach der Arbeit zum Pförtnerhaus am Stadtpark. Draußen war es dämmrig, doch nur in einem der Fenster brannte Licht.

Paul Unkrich ging zur Tür.

»Hallo«, sagte er. Es knisterte in der Gegensprechanlage.

»Hallo«, sagte eine Kinderstimme.

Ein haariger Mann

Für N., der sich über den
haarigen Mann in Saturnia wunderte

Zunächst begannen die Haare an Alf-Peter Bultmanns rechtem Knie zu wachsen. Sie bildeten einen Kreis rund um seine Kniescheibe und erinnerten ihn an die Tonsur eines Mönches. Sie waren nahezu schwarz, fein und seidig, viel feiner als die rotblonden Haare auf seinem Kopf. Die Haare mussten schon eine Weile gewachsen sein, wie Pilze auf einer Lichtung, dachte Alf-Peter Bultmann, aber sie waren ihm nicht aufgefallen, weil es Herbst war und er lange Hosen trug. Ohnehin betrachtete er seinen Körper selten. Nicht, dass er ihm unangenehm gewesen wäre. Er empfand ihm gegenüber eine freundliche Gleichgültigkeit wie für einen entfernten Cousin, man gehörte ohne eigenes Zutun zueinander.

Alf-Peter Bultmann entdeckte die Haare auf seinem Knie, als er sein Bein hob, um aus der Badewanne zu steigen. Sie erinnerten ihn an einen Mann, den er als Kind an der Adria gesehen hatte. Es war ein bulliger Mann in Badehose gewesen, dessen Brust, Rücken und Beine so stark behaart gewesen waren, dass er aussah, als trüge er ein Fell.

Alf-Peter Bultmann hatte seine Mutter gefragt, ob dies ein echter Mensch sei.

»Natürlich ist es ein echter Mensch«, hatte seine Mutter

gesagt. »Er hat viel Haar, aber warum sollte er deswegen kein Mensch sein?«

Der haarige Mann schien von der Menge seines Haares nicht beschämt zu sein, im Gegenteil: Er ging so langsam und mit wiegenden Schritten durch den Sand, als erwartete er, dass man ihm anerkennend nachsah.

Alf-Peter Bultmann wollte auf keinen Fall so aussehen wie der Mann am Strand, aber er vermutete, dass eine solche Fülle von Haaren ohnehin sehr früh oder gar nicht erschien.

In der folgenden Woche hatte er viel zu tun und vergaß die Haare. Er hatte Geographie studiert, aber nach Ende seines Studiums hatte sich herausgestellt, dass kaum jemand Geographen anstellte, und da er Geschick beim Programmieren hatte, gestaltete er nun Internetseiten und hatte sich selbständig gemacht.

Sein erster Kunde war ein Herrenfriseur gewesen, der wegen Spielschulden den größten Teil seines Salons an einen anderen Friseur hatte abgeben müssen und nur noch im Hinterzimmer einen Friseurstuhl hatte, auf dem er seine paar verbliebenen Kunden bediente. Der Friseur, Hubert Quast, war ein schmächtiger Mann mit Halbglatze und hatte sich Großes von seiner Internetseite versprochen. Aber die Fotos seines Hinterzimmers blieben trotz aller technischen Finessen, die Alf-Peter Bultmann anwandte, wenig einladend. Die Texte hatte Hubert Quast von einem Bekannten verfassen lassen, der »todschicke Schnitte« und »frischen Wind« für die Haare der Kunden versprach. Alf-Peter Bultmann hatte Quast gesagt, dass er die Texte für nur mäßig gelungen hielt, aber der hatte sich nicht beirren lassen.

Mit der Zeit wurde er gleichgültiger gegenüber den Texten, die er für seine Kunden online stellte. Es waren meist kleine Ladenbesitzer und Unternehmer, die sich als Einzelkämpfer verstanden und für Ratschläge unempfänglich waren. Zu Beginn seiner Arbeit hatte er gedacht, dass er erst Kleinaufträge und dann immer größere Aufgaben erhalten würde, dass er schließlich Geschäftsreisen zu Kunden in anderen Städten machen würde, doch das blieb aus. Aber er konnte immerhin von seiner Arbeit leben, zog bei seinen Eltern aus und mietete eine Einzimmerwohnung an. Abends traf er seine alten Schulfreunde.

Es hatte eine Zeit gegeben, in der ihn seine Mitschüler wegen seiner roten Haare und seiner Angewohnheit, mit bebender Nase zu schnuppern, verspottet hatten.

»Das Frettchen wittert etwas«, riefen sie, oder, wenn ihnen nichts Besseres einfiel: »Es brennt, Advent.«

Aber dann hatten sie ihre Häme auf einen anderen Jungen gerichtet, der dick und kurzsichtig war, und Alf-Peter Bultmann hatte sich mit ein paar von ihnen angefreundet. Ein, zweimal, als er anderen von seinen Freunden erzählte, hatte er sich hinterher gefragt, wie er mit denen befreundet sein konnte, die ihn gemobbt hatten. Vielleicht, so erklärte er es sich selbst, hatten sie es nicht im engeren Sinne persönlich gemeint, sondern waren einem allgemeinen Bedürfnis gefolgt, auszuteilen. Vielleicht hatte er es auch nur dringend vergessen wollen.

Die nächsten Haare entdeckte Alf-Peter Bultmann an seiner linken Hüfte. Sie zogen sich dort wie eine kleine Straße entlang und hatten die gleiche Farbe und Feinheit wie die an seinem Knie. Er betrachtete sie eine Weile im Spiegel seines Kleiderschranks und strich vorsichtig darüber. Dann ging er zurück ins Badezimmer, begrub sie unter Rasierschaum und rasierte sie und den Haarkreis am Knie ab. Er war in Eile, weil er in einer halben Stunde eine Hebamme treffen sollte, die er über eine App kennengelernt hatte. Seine letzte Freundin hatte ihn verlassen, ohne dass er verstanden hatte, warum. Er habe keine Träume und Visionen, hatte sie auf sein Fragen hin gesagt, und er hatte gedacht, dass er bei ihr auch keine wahrgenommen hatte, aber er hatte geschwiegen.

Bei der App hatte er sich angemeldet, weil es ihm ein Beitrag zu sein schien, um dem Schicksal zu zeigen, dass er sich bemühte. Bislang hatte er drei Frauen getroffen. Eine Restauratorin mit dunklen Locken hatte laut und ununterbrochen geredet und beim Abschied gesagt, dass er ihr zu verschlossen sei, die zweite trug eine Perlenkette, war Zahnärztin und suchte jemand mit vergleichbarem sozialen Status. Die dritte war klein und unscheinbar. Sie arbeitete als Apothekenhelferin und entschuldigte sich für ihren Beruf, aber auch für ihre Frisur und ihr Hobby, den Stepptanz, und all das stimmte Alf-Peter Bultmann, der keinerlei Hobby besaß, zornig, und schließlich sagte er: »Ich glaube, wir kommen hier nicht weit. Wollen wir es abkürzen?«

Es tat ihm leid, noch während er es sagte und die Apothekenhelferin zu weinen begann. Wie ein Kaninchen, dachte er, mit kleiner zuckender Nase.

Nachdem Alf-Peter Bultmann die Haarstraße und den Haarkranz abrasiert hatte, kam er verspätet zum Treffen ins Café, und die Hebamme, eine füllige Frau mit blondem, hochgestecktem Haar, war ungehalten.

»Ich finde es unhöflich, zu einem solchen Termin zu spät zu kommen«, sagte sie.

»Es tut mir leid«, sagte Alf-Peter Bultmann, aber die Hebamme blieb unfroh.

Er fragte sie, ob es nicht schön sei, Kindern auf die Welt zu helfen.

»Das denken alle«, sagte die Hebamme mürrisch.

Sie sagte, dass die Frauen so täten, als wären sie die ersten, die jemals Wehen gehabt hätten, und dass die Väter alles besser wüssten als die Hebammen.

»Ich bin es leid«, sagte sie. »Ich will weg hier.«

Alf-Peter Bultmann griff in seine linke Hosentasche, um sein Portemonnaie hervorzuholen. Ihm schien, dass dieses Treffen nichts Gutes mehr bereithielt. Da fielen ihm die Haare an seiner Seite ein.

»Stimmt es eigentlich«, fragte er, »dass die Kinder im Mutterleib stark behaart sind, aber die Haare vor der Geburt wieder verlieren?«

»Keine Ahnung«, sagte die Hebamme. »Ist das wichtig?«

»Ich weiß es nicht«, sagte Alf-Peter Bultmann.

In der folgenden Woche kam ein neuer Kunde zu ihm, Ernst Glöckner vom Tropenhaus Glöckner. Es war in der nächstgrößeren Stadt angesiedelt, und sein Gründer hatte vor 125 Jahren angenommen, dass vom dortigen Hafen aus eine größere Zahl von Menschen zu Reisen in die Tropen aufbrechen und sich vorher bei ihm ausstatten würde. Diese Erwartung hatte sich nicht bestätigt, aber das Tropenhaus gab es noch immer, auch wenn es jetzt vor allem Wollpullover, Dufflecoats und nur der Form halber Moskitonetze und Safarihüte im Angebot hatte.

Ernst Glöckner war ein kleiner, stämmiger Mann, der Jackett und eine dunkle Hornbrille trug.

»Wir müssen besser im Internet aussehen«, sagte er zu Alf-Peter Bultmann.

Er hatte ein Faltblatt dabei, das das Angebot des Tropenhauses zeigte. Es stammte von 1958, und auf dem Deckblatt war ein blonder, breitschultriger Mann in einer Art Kapitänsuniform zu sehen. Der Mann blickte auf eine Palme, unter der sich eine Giraffe, ein Löwe und ein Schimpanse versammelt hatten. Der Schimpanse winkte mit einer roten Kappe.

»Mein Großvater hielt einen Schimpansen«, sagte Ernst Glöckner. »Er saß in einem Käfig neben der Umkleidekabine, und abends führte mein Großvater ihn aus. Aber der Schimpanse wurde gewalttätig, und man hat ihn weggebracht.«

Beim Anziehen am nächsten Morgen sah Alf-Peter Bultmann auf seinen beiden Schultern eine Straße aus Haaren, die länger waren als die bisherigen. Sie maßen nahezu vier Zentimeter und legten sich wie die Fransen einer Paradeuniform von seinen Schultern aus nach vorne. Alf-Peter Bultmann riss sie mit einer Pinzette aus.

Am Nachmittag rief er Herrn Quast an.

»Können Sie mir sagen, was man gegen übermäßigen Haarwuchs tun kann?«, fragte er.

»Meine Kunden finden eher, dass sie zu wenig Haar haben«, sagte Herr Quast. »Aber ich kann mich erkundigen.«

Als seine Freunde sich fürs Wochenende zu einem Saunabesuch verabredeten, sagte Alf-Peter Bultmann, er müsse noch sehen, ob er kommen könne, er sei erkältet.

Am Samstagmorgen betrachtete er sich im Badezimmerspiegel und sah, dass der Haarkreis am Knie und die drei Haarstraßen an Hüfte und Schultern zurückgekehrt waren. Zudem hatte sich eine rautenförmige Ansiedlung am rechten Unterarm gebildet.

Alf-Peter Bultmann saß lange im Badezimmer, dann rief er seine Freunde an und sagte den Saunabesuch ab.

Er ging früh zu Bett und träumte, dass er, vollständig von Haaren überwuchert, in einem Café saß, als der Großvater von Ernst Glöckner mit einem Tropenhelm auf dem Kopf hereinkam.

»Oh, das passt ja«, rief der Großvater und entnahm seiner Tasche eine Leine, die er Alf-Peter Bultmann umlegte.

Bultmann versuchte zu fliehen, aber der Großvater lachte und sagte: »Du wirst dich schon daran gewöhnen« und zog ihn mit sich fort.

Als er aufwachte, war es kurz nach sieben, dennoch rief er direkt Herrn Quast an, der mürrisch klang.

»Kann ich gleich wegen meiner Haarfrage bei Ihnen vorbeikommen?«, fragte Alf-Peter Bultmann.

»Ich habe erst Dienstag wieder geöffnet«, sagte Herr Quast.

»Könnten Sie eine Ausnahme machen?«, fragte Alf-Peter Bultmann.

»Ungern«, sagte Herr Quast. Aber er ließ sich zu einem kurzen Termin am Montagabend überreden.

Am Montag hätte sich Alf-Peter Bultmann eigentlich mit der Internetseite für das Tropenhaus Glöckner befassen müssen, doch er konnte sich nicht dazu entschließen. Stattdessen erstellte er eine Karte seiner Behaarung und entdeckte dabei eine weitere Haarstraße, die sich von der Lende in Richtung Bauchnabel schlängelte. Er machte sich viel zu früh auf den Weg zu Herrn Quast, sodass er vor dem Salon warten musste und versuchte, sich an die Erdzeitalter zu erinnern, aber er kam nicht über das Ediacarium hinaus.

Das Hinterzimmer von Herrn Quasts früherem Salon war so klein, dass der Friseurstuhl es nahezu ausfüllte. Am Spiegel hing eine Postkarte aus der Südsee und an der Wand ein Foto, das Herrn Quast Arm in Arm mit dem Fastnachtsprinzen des Vorjahres zeigte.

»Mir wachsen Haare am ganzen Körper«, sagte Alf-Peter Bultmann. »Es ist mir unheimlich.«

»Na ja«, sagte Herr Quast. »Bis zu einem gewissen Grad ist das doch normal.«

»Es sind Straßen und Wege«, sagte Alf-Peter Bultmann, »und die Haare sind viel zu lang.«

»Darf ich sie mal sehen?«, fragte Herr Quast.

Alf-Peter Bultmann hob seinen Pullover und zeigte nach einem gewissen Zögern auch die Haaransammlungen an Knien und Hüfte.

»Ich weiß nicht«, sagte Herr Quast. »Ich finde es ganz malerisch. Warum warten Sie nicht, wie es sich entwickelt?«

»Was, wenn ich wie ein Affe aussehe?«, sagte Alf-Peter Bultmann.

Darauf hatte Herr Quast keine Antwort.

»Haare sind eigenwillig«, meinte er. »obwohl sie eigentlich tot sind.«

»Danke, ich muss jetzt mal weiter«, sagte Alf-Peter Bultmann, der das Gefühl hatte, seine Zeit zu vertun.

Auf der Rückfahrt hielt er an einer Apotheke. Sie war leer, und während er darauf wartete, dass jemand kam, um ihn zu bedienen, las er das Schild neben der Theke:

Wenn Sie Ihr Anliegen nicht vor Dritten äußern wollen, können Sie es für uns aufschreiben.

Als er aufsah, kam die Apothekenhelferin, die er über die App kennengelernt hatte, aus dem Nebenraum.

»Oh, ich habe mich geirrt«, sagte Alf-Peter Bultmann und verließ rasch die Apotheke.

Im Internet fand er die Adresse eines Kosmetikstudios, das damit warb, auch hartnäckigen Haarwuchs mit modernster Lasertechnik zu entfernen. Als er anrief, um einen Termin auszumachen, fragte ihn eine Frauenstimme, ob er ein leichter oder eher ein schwerer Fall sei.

»Ich glaube, ein leichter«, sagte Alf-Peter Bultmann und dachte an den Mann am Strand der Adria.

Am Tag des Termins fand er eine neue Haaransammlung. Sie war in seiner Kniekehle gewachsen, und er dachte kurz, ob sie sich dort vor der Entdeckung hatten schützen wollen.

Die Kosmetikerin war sehr dünn und wirkte schlecht gelaunt.

»Sie wissen, dass wir keine Garantie abgeben«, sagte sie, während sie seine Haaransammlungen betrachtete. »Drei Sitzungen brauchen Sie mindestens. Eine kostet zweihundert Euro.«

»So ist es nun mal«, sagte Alf-Peter Bultmann.

»Wo wollen wir anfangen?«, fragte die Kosmetikerin.

»Am Unterarm«, sagte Alf-Peter Bultmann, obwohl er die Rautenform am kunstvollsten fand.

Das Lasergerät knisterte wie ein kaltes Gewitter, aber es schmerzte nicht, und im Anschluss verabredete Alf-Peter Bultmann zwei weitere Termine.

Am Abend schrieb er der Hebamme eine Nachricht und fragte, ob man sich vielleicht noch einmal treffen wolle, aber nach zehn Minuten antwortete sie, dass sie viel zu tun habe.

Als Alf-Peter Bultmann am nächsten Tag zum Einkaufen in die Drogerie ging, kam er am Regal mit Haarspangen vorbei. Es gab rosafarbene, hellblaue und grüne Spangen, Bananen-, Sternen- und Herzspangen. Alf-Peter Bultmann nahm zwei Pakete dunkle Haargummis, aber an der Kasse ging er zurück und holte noch eine gelbe Spange mit Banane.

Zu Hause versuchte er die beiden Haarstraßen auf seinen Schultern in Zöpfe zu flechten, aber er kam nur schlecht an sie heran, und das Haar war zu kurz.

In der Nacht schlief er schlecht. Er träumte, die Haaransammlungen würden ampelgleich Rot, Gelb und Grün leuchten, und das so stark, dass sie durch seine Kleidung schimmerten. Er versuchte, das Licht in dicken Mänteln zu ersticken, aber es kam immer wieder hervor, und schließlich verfolgte ihn eine Schar Kinder.

»Der Ampelmann geht um«, kreischten sie. »Ich gehe über Rot«, riefen sie und stürzten auf ihn zu.

Als Alf-Peter Bultmann aufwachte, dämmerte es gerade.

Er stand auf, ging ins Badezimmer, schaltete das Licht an und betrachtete die Haaransammlungen. Sie leuchteten nicht, aber die alten waren zurückgekehrt, und es waren einige in neuen Formen hinzugekommen. Auf dem Spann seines linken Fußes hatte sich eine ebenmäßig gerundete Schneckenform gebildet, während auf dem rechten eine Kastanienblatt-Figur wuchs.

Alf-Peter Bultmann drehte sich um und betrachtete seinen Rücken im Spiegel.

Auf dem linken Schulterblatt saß ein Ausrufezeichen, man erkannte es deutlich, mit langem Strich und einem klar abgesetzten Punkt darunter.

Er hielt kurz inne, dann ging er zum Telefon und sagte den Termin bei dem Kosmetikstudio ab.

»Warum geben Sie mittendrin auf?«, fragte die Kosmetikerin. »Bei Haaren braucht man Geduld.«

»Ich habe Zweifel bekommen«, sagte Alf-Peter Bultmann.

»Zahlen müssen Sie die ausfallenden Termine trotzdem«, sagte die Frau.

»Das macht nichts«, sagte Alf-Peter Bultmann und legte auf.

Er fühlte sich erschöpft und ging wieder ins Bett.

Erst am späten Nachmittag stand er hungrig auf und verließ die Wohnung, um etwas zu essen zu kaufen. Auf dem Weg kam er am Rathausplatz vorbei, wo eine Bühne aufgebaut war.

»Unsere lokale Kultur muss sich nicht verstecken«, sagte die stellvertretende Bürgermeisterin gerade. »Applaus für die nächste Gruppe.«

Die nächste Gruppe war eine Stepptanzriege, vier Mädchen in weißen Tüllkleidern und die Apothekenhelferin, die einen weißen Frack und einen Zylinder trug. Die Mädchen sahen beharrlich auf den Boden, während sie mühsam von einem Fuß auf den anderen klappten und die Apothekenhelferin so schnell um sie herumsteppte, dass das Klackern ihrer Absätze wie eine Reihe Gewehrsalven klang. Schließlich nahm sie eines der Kinder bei der Hand, und sie zogen wie eine Gänsefamilie in einer großen Acht von der Bühne.

Alf-Peter Bultmann wartete, bis die Gruppe nach dem Umziehen wieder vor die Bühne kam, um nahe und zugleich zufällig wirkend an ihnen vorüberzugehen, doch die Apothekenhelferin sah ihn nicht oder gab vor, ihn nicht zu sehen.

Am Abend rief Herr Quast an.

»Ich habe Kollegen gefragt«, sagte er, »aber sie wissen auch nichts.«

Er hatte sich auch an den Faschingsprinzen gewandt, der Biologie studierte.

»Er meint, das sei eine Angelegenheit für Mediziner«, sagte Herr Quast. »Aber er hat erklärt, dass Haare, Federn und Schuppen einen gemeinsamen Urtyp haben. Sie haben sich aus der Schuppe eines Reptilienvorfahren entwickelt. Ist das nicht interessant?«

»Vögel sind mir eher fremd«, sagte Alf-Peter Bultmann. »Aber danke fürs Fragen.«

Er hatte eine zweite Karte der Haaransammlungen erstellt, aber inzwischen waren es so viele, dass auch sie längst veraltet war. Sein Körper glich nun dem eines über und über tätowierten Seemanns, nur dass die Muster aus Haaren statt aus Farbe gebildet waren. Alf-Peter Bultmann hatte inzwischen eine gewisse Freude an den komplizierteren Formen gefunden. Neben das Ausrufezeichen hatte sich ein Labyrinth gesetzt, und auf seinem linken Oberarm war ein Violinschlüssel gewachsen. Über das Labyrinth auf seinem linken Handgelenk zog Alf-Peter Bultmann nach Möglichkeit einen langen Ärmel. Er fragte sich, ob eines Tages Schriftzeichen erscheinen würden. Er hätte das interessant gefunden, aber noch beschränkten sich die Haare auf die Bereiche Geometrie und Interpunktion.

In den nächsten Wochen wurde es kalt, und als er Ernst Glöckner zur Abschlussbesprechung der Internetseite traf, schneite es.

Glöckner war zufrieden mit der Internetseite.

»Das eröffnet uns ganz neue Wege«, sagte er. »Man nimmt uns ja auswärts viel zu wenig wahr.«

»Wohin hat man den Schimpansen Ihres Großvaters eigentlich gebracht?«, fragte Alf-Peter Bultmann.

»Man wollte ihn in einen Zoo nach Rotterdam verschiffen«, sagte Ernst Glöckner. »Aber er ist im Frachtraum des Schiffs ausgebrochen, und dann verlor sich seine Spur.«

Als Alf-Peter Bultmann nach Hause ging, herrschte Schneegestöber, aber er fror nicht. Die Haare hatten inzwischen eine ausreichende Länge erreicht, um ihn wie ein Hemd zu wärmen. Als er die vorletzte Kreuzung vor seinem Haus überqueren wollte, hielt er plötzlich inne, weil er so etwas wie eine starke Gänsehaut spürte. Am Labyrinth auf seinem Handgelenk sah er, dass die Haare steil aufgerichtet waren, und während er sie betrachtete, raste ein Krankenwagen an ihm vorüber.

Zu Hause angekommen rief er Herrn Quast an.

»Die Haare haben sich inzwischen bewährt«, sagte er. »Sie dienen mir auch als Alarmsystem.«

»Das muss ich dem Biologen erzählen«, sagte Herr Quast. »Würden Sie ihm zeigen, wie es funktioniert?«

»Eher nicht«, sagte Alf-Peter Bultmann. »Aber er kann es sich vorstellen wie ein taktiles Signal, dass etwas Bedeutsames passiert.«

Ein paar Tage später ging er in der Apotheke vorbei, in der die Apothekenhelferin arbeitete. Er musste eine Weile warten, weil eine alte Dame vor ihm ihr Anliegen auf einen Zettel schrieb, den die Apothekerin nicht entziffern konnte.

»Ich würde gern mit Ihrer Assistentin sprechen«, sagte Alf-Peter Bultmann.

»Sie arbeitet nicht mehr hier«, sagte die Apothekerin. »Sie macht eine Umschulung.«

»Im Bereich Notfallmedizin?«, fragte Alf-Peter Bultmann.

»Das geht Sie eigentlich nichts an«, meinte die Apothekerin, »aber ja, in der Notfallmedizin. Wollen Sie ihr eine Nachricht hinterlassen?«

»Warum nicht ...«, sagte Alf-Peter Bultmann.

Schlaf, Kindlein, schlaf

Der Herbst kam, und Diesermann fand eine Stelle in einem Möbelhaus in der Innenstadt. Er besaß keine Erfahrung im Möbelhandel, aber das spielte keine Rolle, weil das Möbelhaus ohnehin nur jemanden suchte, der für drei Monate die Chefin vertrat.

Er zog für das Vorstellungsgespräch seinen Anzug und frisch geputzte Schuhe an.

»Haben Sie Verkaufserfahrung?«, fragte der Chef, Herr Leitmeyer, der eine goldene Taschenuhr an seiner auberginefarbenen Weste trug.

»Ich habe Lebensmittel verkauft«, sagte Diesermann und fügte nicht hinzu, dass es lediglich ein Schülerjob gewesen war. Er hatte im städtischen Kaufhaus in der Spielwarenabteilung im dritten Stock Popcorn verkauft, zehn Tage lang, dann hatte der Abteilungsleiter festgestellt, dass die Nachfrage zu wünschen übrig ließ.

»Gut«, sagte Herr Leitmeyer, »für eine Vertretung sollte das genügen.«

Dann fiel sein Blick auf Diesermanns Krücke, und er fragte: »Brauchen Sie die noch lange?«

»Nein«, sagte Diesermann. »Das sollte sich in zwei Wochen erledigt haben.«

Es war sonderbar einfach gewesen, sich von allem zu trennen, was ihm hätte Halt bieten können und es nicht tat. Es war, als hätte er geglaubt, in einem Haus aus Stein zu leben, und dann per Zufall entdeckt, dass es aus Papier gefertigt und mühelos niederzureißen war. Es genügte, in eine Gästewohnung zu ziehen, allen für ihre Hilfsangebote zu danken und zu versichern, dass er sich melden würde, sobald die Zeit dafür gekommen sei. Es gab Menschen, die häufiger anriefen, es gab sogar solche, die unangekündigt vor seiner Tür standen. Aber schließlich hatte er ein Argument gefunden, das sie zuverlässig fernhielt.

»Wenn ihr mir wirklich helfen wollt«, hatte er gesagt, »lasst mich erst einmal allein.«

Diesermanns erster Arbeitstag war am folgenden Montag.

Um neun Uhr klopfte er an die Tür des Möbelhauses, Herr Leitmeyer ließ ihn herein und reichte ihm eine Fliege aus grünem Samt.

»Die ist für Sie«, sagte er. »Wir wollen hier ja nicht wie Hansfranz aussehen.«

Er gab ihm vier zusammengeheftete Seiten, auf denen er alles Notwendige finden würde.

»Wenn Sie dann noch Fragen haben, kommen Sie in mein Büro.«

Um zehn schloss Diesermann die Ladentür auf und stellte den Tanzbären links neben den Topf mit dem Lorbeerbaum, wie es als Punkt Nummer eins auf der Liste notiert war. Der Tanzbär war aus dunklem Holz geschnitzt, er trug rote Hosen und balancierte einen Stuhl auf der Nase.

Am Ende seines ersten Arbeitstages hatte Diesermann zwei Pakete Kerzen und einen Tischläufer verkauft. Am zweiten war es eine Bodenvase, am dritten ein Hocker. Er fragte sich, wie die Leitmeyers davon existieren konnten, bis er Herrn Leitmeyer am Telefon sagen hörte: »Wissen Sie, andere Frauen haben eine Galerie, meine hat ein Möbelgeschäft.«

Die Pausen, in denen keine Kunden kamen, waren lang, und Diesermann dachte, dass er sich eine andere Arbeit hätte suchen sollen. Schließlich war er gekommen, um etwas zu tun, das seine ganze Aufmerksamkeit erforderte.

Die Zeit ohne Kundschaft ist zum Aufräumen da, hatte Frau Leitmeyer als vorletzten Punkt auf der Liste notiert, aber es gab nichts aufzuräumen.

Als er an seinem fünften Arbeitstag die Eingangstür des Ladens aufschloss, bemerkte er eine Eidechse, deren Hinterbeine und Schwanz in der Türleiste eingeklemmt waren. Der Kopf der Eidechse hing nach unten. Sie sah aus wie eine einzige große Windung, als hätte sie verzweifelt versucht, sich herauszudrehen.

Als Diesermann am vorigen Abend die Ladentür abgeschlossen hatte, war er nicht in Eile gewesen, er verstand nicht, wie er ein so schnelles Tier wie eine Eidechse hatte einklemmen können.

Er nahm eine der kleineren Tüten des Möbelhauses, legte die Eidechse hinein, holte einen Löffel aus der Geschirrschublade der Kaffeetheke und ging zu einer Akazie, die rechts vom Möbelhaus wuchs.

Die Erde dort ließ sich nur schwer mit dem Löffel ausheben. Während er sich damit abmühte, kam eine Kindergartengruppe vorbei. Vorne gingen die Kinder in Zweierreihen, dann folgte ein Ziehwagen, in dem vier Kleinkinder saßen. Alle Kinder wandten sich ihm zu, mit Ausnahme eines pummeligen Mädchens mit dünnem Haar, das ein schmuddeliges weißes Spitzenkleid trug und alleine hinter dem Ziehwagen ging.

»Ich trage das Christkindkleid«, summte es. »Ich bin das Christkind.«

Und dann hörte er es noch murmeln, während es fast schon um die Ecke gebogen war: »Es ist wunderherrlich.«

Am frühen Mittag kam ein Paar in den Laden, das passend zu seinen schwarzen Kalbsledersesseln ein schwarzes Ledersofa suchte. Es kam in Begleitung eines schwarzen Pinschers, den die Frau unter ihrem mokkafarbenen Wollcape trug. Sie setzte ihn ab, und der Hund trippelte zu einem Schrank aus geflammtem Ahorn, an dem er sein Bein hob.

Diesermann sah aus den Augenwinkeln, dass Herr Leitmeyer im Türrahmen stand und den Pinscher betrachtete, während das Paar so tat, als hätte es nichts bemerkt.

In den Handzetteln hatte nichts über den Zutritt von Tieren zum Möbelhaus gestanden.

»Verzeihung, Ihr Hund hat das Bein gehoben«, sagte Diesermann und fühlte sich unwirklich dabei.

Das Paar sah ihn abwartend an, als erwartete es weitere Erklärungen, aber in diesem Moment stand bereits Herr Leitmeyer neben ihnen.

»Wie schön, dass Sie wieder einmal vorbeischauen«, sagte er, »machen Sie mir das Vergnügen, Ihnen behilflich zu sein.«

Diesermann fuhr mit dem Bus zur Arbeit. Morgens drängelten sich dort Schulkinder, abends war er fast leer. Wenn Diesermann ausstieg, saß nur noch ein kleiner drahtiger Mann in einem olivfarbenen Parka im Bus. Er saß immer am Gang, nie am Fenster, und klopfte unruhig mit den Händen auf seine Knie.

Einmal hatte der Bus auf dem Rückweg eine Umleitung nehmen müssen und war an einem Schrottplatz vorbeigefahren. Diesermann hatte in diesem Moment aus dem Fenster gesehen und geglaubt, sein Auto zu erkennen, gleich am Eingangszaun, bis zur Mitte zusammengestaucht wie von einem Riesen, dem sein Spielzeug nicht mehr gefällt.

»Wie fährt der Bus heute?«, fragte eine Stimme neben ihm.

Diesermann hatte nicht bemerkt, dass der Mann im Parka aufgestanden und neben ihn getreten war.

»Er nimmt einen Umweg«, sagte er, »aber ab hier hält er an allen Haltestellen.«

»Hält er am Weidenstieg?«, fragte der Mann, der einen Kopf wie eine Kasperlepuppe hatte, gedrechselt aus dunklem Holz und mit vorspringender Nase.

»Ja, wie immer«, sagte Diesermann.

Der Parka-Mann setzte sich wieder, und als Diesermann sich später nach ihm umwandte, sah er, dass der Mann mit den Haaren wackelte, rauf und runter, es sah aus, als wäre sein Haar nicht festgewachsen, sondern ein grau melierter Vorhang, den man heben und senken konnte.

Der andere bemerkte seinen Blick, und um irgendetwas zu sagen, fragte Diesermann: »Muss man lange dafür üben?«

»Nicht lange«, sagte der Parka-Mann. »Aber der Kopf muss sich erinnern.«

Als der Bus an Diesermann vorüberfuhr, wandte der Mann auf der Rückbank ihm das Gesicht zu und hob kurz die Hand. Vielleicht wackelte er sogar mit den Haaren, aber das war in der Dämmerung nicht sicher zu erkennen.

Am nächsten Tag saugte Diesermann kurz vor Ladenschluss den Teppich im Eingangsbereich, als ein Mann mittleren Alters mit dunklen Bartstoppeln hereinkam.

»Was geben es an Sachen hier?«, fragte er mit einem Akzent, den Diesermann nicht einordnen konnte, vielleicht vom Balkan, vielleicht aus dem mittleren Osten.

»Möbel gibt es«, sagte er.

»Teppiche, Teppiche gut«, sagte der Mann.

»Auch Teppiche, aber nur wenige«, antwortete Diesermann.

»Sehen«, sagte der Mann.

»Wir schließen gleich«, sagte Diesermann. »Kommen Sie morgen wieder.«

»Sehen«, beharrte der Mann. »Sehen jetzt.«

Diesermann führte ihn in den hinteren Teil des Ladens, vorbei an den Polstermöbeln, bei denen eine Auswahl Teppiche lag. Er billigte die Entschiedenheit des Mannes nicht.

»Das ist das Kleinod meiner Frau«, hatte der Chef halb stolz, halb nachsichtig gesagt, als er ihm die Landhaus-Sparte gezeigt hatte. Die Abteilung war in Weiß gehalten, in der Mitte war ein Schlafzimmer mit weißem Himmelbett aufgebaut, dessen Vorhänge mit goldfarbenen Schleifen geschmückt waren, daran anschließend ein Esszimmer mit Tisch und Stühlen, deren weißer Anstrich auf jene Art schadhaft wirkte, die gegenwärtig teuer war.

Diesermann ging rasch bis zum Wohnzimmer, wo vor dem Kamin ein Eisbärenfell mit weit geöffnetem Maul lag. Die Zähne waren gelblich verfärbt, die Zunge hellrosa. Diesermann hatte sie einmal mit dem Finger berührt, sie schien aus Plastik nachgebildet und bröckelte unter dem Druck seiner Finger. Die Vorderbeine des Eisbären waren schräg nach vorn gestreckt, als versuchte er sich aufzurappeln und den Laden zu verlassen.

Wenn Diesermann das Fell ansah, musste er an eine Frau denken, neben der er einmal im Bus gestanden hatte.

»Wie affig das ist«, hatte sie ihrer Begleiterin zugewispert und mit dem Kinn auf einen Kinderwagen gewiesen, in dem ein dicker Säugling in einem Froschanzug mit gelber Krone lag.

»Sie zwängen sie in alberne Kostüme und wollen ihnen damit das Unheimliche nehmen«, hatte die Frau gesagt, während die andere freudlos nickte.

»Da, ein Teppich«, sagte Diesermann und wies auf den Eisbären.

»Andere Teppich«, sagte der Mann. »Nicht Tier.«

»Morgen«, sagte Diesermann. »Kommen Sie morgen wieder«, und ging in Richtung Ladentür.

Der Mann folgte ihm nicht, lief stattdessen in den hinteren Teil der Landhausabteilung, wo eine frei stehende Badewanne mit Löwenfüßen und Wasserhähnen stand, die wie Pfauenköpfe geformt waren.

Diesermann ging ihm hinterher.

»Close now«, sagte er und zog den Mann am Ärmel.

Der Mann schüttelte seine Hand ab, Diesermann fürchtete, dass er handgreiflich werden würde, aber dann ging der Mann ohne ein weiteres Wort zum Ausgang und verschwand grußlos.

Mehrere Tage vergingen, ohne dass Kunden in den Laden kamen. Anfangs hatte sich Diesermann in diesen Zeiten in die rückwärtige Ecke des Ladens zurückgezogen und Zeitung gelesen, aber es gelang ihm nicht, sich auf einen Artikel zu konzentrieren. Stattdessen dachte Diesermann an einen nebligen Vormittag im Februar. Wobei Nachdenken das falsche Wort war für das immergleiche Rekapitulieren. Diesermann hatte kurz zuvor eine Debatte im Autoradio gehört, es ging um die Gefahr der Resignation angesichts autoritärer Regime und Populismus. »Es geht darum, dennoch die eigene Wirkmacht zu spüren«, hatte eine Politikwissenschaftlerin gesagt und in diesem Moment hatte er direkt vor sich eine Bewegung wahrgenommen.

Diesermann begann, die Böden und Fenster in Büro und Toilette zu putzen. Danach sortierte er die Bücher in der Landhausabteilung nach Größe und Farbe. Er wurde unruhig, so unruhig, dass er sich an Herrn Leitmeyer wenden und nach weiteren Aufgaben fragen wollte.

Doch bei der nächsten Busfahrt fand er auf dem Sitz neben sich ein halb gelöstes Kreuzworträtsel, das ihm durch den Tag half. Auf dem Rückweg kaufte er am Kiosk neben der Bushaltestelle alle Rätselzeitschriften, die dort vorrätig waren.

Im Bus saß in der Bankreihe neben ihm eine hagere junge Frau mit ihren beiden Kindern, ein Junge mit Schulranzen, der ein neonfarbenes Gewehr bei sich hatte, und ein Kleinkind in braunem Schneeanzug mit Plüschohren. Das Kleinkind versuchte dem Jungen das Gewehr zu entreißen, woraufhin der das Kleinkind schlug. Die Mutter telefonierte und kramte währenddessen in den Tüten zu ihren Füßen.

»Ich bin es leid«, hörte Diesermann sie sagen. »Ich muss mir das nicht länger gefallen lassen.«

Das Kleinkind schrie und sah dabei nach der Mutter, die kurz aufblickte, dem Älteren eine Kopfnuss gab und weiter telefonierte.

»Ich habe auch ein Leben«, sagte sie. »Das lass ich mir nicht nehmen.«

Diesermann war vor seinem Prozess nie in einem Gericht gewesen. Als er hörte, dass sein Fall vor dem Amtsgericht verhandelt wurde, durchzuckte es ihn kurz und bitter: so wichtig wie dreimal Schwarzfahren.

Er war zu einer Bewährungsstrafe verurteilt worden, weil er fünf Stundenkilometer zu schnell gefahren war. Die Strafe blieb für Diesermann so unwirklich wie jener Februarvormittag. Er hatte seiner Anwältin nicht gesagt, dass er auf eine Haftstrafe gehofft hatte, auf etwas Fühlbares. Die Familie des Kindes war nicht gekommen und er war darüber so erleichtert, dass es nahezu schmerzte.

Das Möbelhaus hatte riesige Schaufenster, die alle zwei Monate von einem Dekorateur neu eingerichtet wurden.

Als Diesermann ihn das erste Mal traf, trug der Dekorateur einen grünen Filzhut zu einem Bundeswehrparka. Er schüttelte Diesermann die Hand und sagte: »Frisches Blut im Hause Leitmeyer.«

Er war in einem dunkelblauen Jeep gekommen, aus dessen Innerem er mehrere Sandsäcke und ein Dutzend mannshohe Kakteen auslud. Er band ihnen riesige Blüten aus dunkelrotem Satin um und streute glitzernden Sand auf den Boden des Schaufensters. Die Rückwand und die Decke verhängte er mit blauem Samtstoff, an dem er goldene Sterne und eine Mondsichel befestigte. Zwischen die Kakteen stellte er Gartenliegen mit passenden Rollwägen, auf denen er grün schimmernde Cocktailgläser drapierte. Dann ging er hinaus, um das Schaufenster zu betrachten.

»Das lebt doch noch nicht«, murmelte er, als er wieder hereinkam.

Er fuhr in seinem Jeep davon und kehrte nach einer Stunde mit einem Terrarium und einem Vogelkäfig zurück.

Im Terrarium war außer zwei großen Zweigen voller Laub nichts zu sehen, im Vogelkäfig saßen ein blauer und ein grüner Ara.

»Der Käfig ist nur ein Provisorium«, sagte der Dekorateur, während er ihn abstellte. »Ich habe in meinem Fundus einen deutlich schöneren.« Dann deutete er auf das Terrarium: »Da drin sind zwei Blindschleichen, andere Schlangen hatten sie nicht vorrätig.«

In diesem Moment betrat Herr Leitmeyer den Laden.

»Das ist keine Tierhandlung, mein Lieber«, sagte er zum Dekorateur. »Das ist Ihnen doch klar.«

»Wenn Sie ein nullachtfünfzehn Schaufenster haben wollen, bin ich der Falsche«, sagte der Dekorateur unwillig.

»Wer soll sich um die Viecher kümmern?«, fragte Herr Leitmeyer in den Raum hinein. Dann drehte er sich zu Diesermann um, der schweigend danebengestanden hatte.

»Können Sie mit Tieren umgehen?«, fragte er. »Es ist ja nur auf Zeit, oder nicht?«, wandte er sich an den Dekorateur.

»Die Zoohandlung nimmt die Tiere ausnahmsweise nach zwei Monaten zurück«, sagte der Dekorateur. »Dafür bin ich ihnen etwas entgegengekommen.«

»Inwiefern?«, fragte Herr Leitmeyer.

»Wir verweisen mit einem kleinen Schild auf sie«, sagte der Dekorateur. »Und ich nehme mir mal ihr Schaufenster vor.«

Die Aras schrien laut, und Herr Leitmeyer wandte sich wieder Diesermann zu. »Könnten Sie sich um sie kümmern?«

Diesermann nickte.

Der Dekorateur schraubte einen riesigen Haken in die Decke, band ein Seil daran und hängte den Vogelkäfig auf. Anschließend setzte er ein Gestell aus Plexiglas in die

Mitte des Schaufensters und stellte das Terrarium mit den Schlangen darauf.

»Die Gefahr muss aus dem Nichts kommen«, sagte er aufgeräumt und ging hinüber zur Kaffeebar, die im Eingangsbereich für die Kunden eingerichtet war. »Man muss Geschichten erzählen, die an die Gefühle der Kunden andocken«, fügte er hinzu, während er sich einen Espresso machte. »Es geht um Erfahrungen von Ferne und Nähe und natürlich auch um Spannung.«

Diesermann schwieg.

»Bevor ich es vergesse«, sagte der Dekorateur, stand auf und kehrte mit einem Pappkarton zurück, der mit kleinen Löchern versehen war. »Die Zoohandlung hat mir ein paar Mäuse fürs Terrarium mitgegeben.«

Der Dekorateur reichte Diesermann den Karton, der Diesermann unwirklich leicht erschien.

»So ist das Leben«, sagte der Dekorateur. »Es währt nicht ewig.«

Ich hätte es mir denken können, dachte Diesermann. Wieso denke ich nie weit genug, wieso lerne ich nichts.

Am Abend streute er den Aras zwei Hände Körnerfutter in ihren Napf. Als er sich näherte, begannen sie laut zu schreien und rückten auf ihrer Stange in den hintersten Winkel des Käfigs.

Diesermann nahm den Karton mit den Mäusen, trug ihn zur Hintertür des Ladens, öffnete den Deckel und ging wieder hinein.

Im Terrarium konnte er auf den ersten Blick keine Schlangen entdecken. Er nahm die Äste heraus und sah die beiden zusammengeringelt in zwei Ecken liegen. Er betrachtete sie kurz, dann griff er sich eine von ihnen, trug sie ins Bad und warf sie in die Toilette. Er spülte, doch der

Wasserstrahl genügte nicht, um sie wegzuschaffen, Diesermann sah sie deutlich im Toilettenwasser schwimmen. Er spülte noch dreimal nach, dann war sie verschwunden. Anschließend holte er die zweite.

In der Nacht suchte er im Internet nach Schlangenmodellen, aber er fand lange nichts Geeignetes. Schließlich entdeckte er einen Spielzeughersteller, der Schlangen produzierte, »lebensecht bis zum letzten Fangzahn«, behauptete er.

Diesermann bestellte zwei und ließ sie sich per Express schicken.

Beim Auspacken stellte er zu seiner Freude fest, dass sie tatsächlich lebensecht aussahen. Eine war zusammengeringelt, eine halb aufgerichtet. Er setzte sie im Terrarium in die Ecken, in denen er ihre Vorgänger gefunden hatte, und legte vorsichtig die Äste über sie.

Das ist, was Kinder tun würden, dachte er.

Er erinnerte sich, wie er als Junge einmal eine Schale zerbrochen hatte, die seiner Mutter kostbar war, und dann beide Teile aneinandergelegt und so dicht neben die anderen Schalen in der Anrichte gestellt hatte, dass sie hielten.

Sie hatte es ein paar Tage später bemerkt und ihn zur Rede gestellt.

»Warum hast du es mir nicht gesagt?«, hatte sie ihn gefragt, und er hatte geantwortet: »Ich dachte, du schlägst mich.«

Seine Mutter hätte ihn nie geschlagen, am wenigsten wegen einer zerbrochenen Schale. Er wusste das und hatte sich über ihre Betroffenheit gefreut und sich zugleich geschämt.

Diesermann stand vor dem Terrarium und betrachtete die Schlangen, als er ein lautes Klopfen an der Scheibe hörte.

Draußen stand der Mann, der sich nach Teppichen erkundigt hatte.

»Wir haben keine Teppiche«, sagte Diesermann.

»Ich selber habe Teppich, gute Teppich«, sagte der Mann und deutete auf ein Bündel, das er auf einen Handkarren geschnürt hatte.

»Wir brauchen keine, danke«, sagte Diesermann.

»Aber ansehen«, sagte der Mann.

Diesermann spürte den Zorn wie eine heiße Wolke in sich, die nach oben drängte. Er presste die Arme eng an den Körper, um nicht zum Schlag auszuholen.

»Gut«, sagte er, »wenn es schnell geht.«

Der Mann nahm das Bündel und rollte den obersten Teppich im Eingang aus.

Zusammengerollt hatte er klein gewirkt, nun füllte er den gesamten Eingangsbereich, sodass Diesermann auf den Rand treten musste, um ihn zu betrachten. In der Mitte war ein blauer Teich zu sehen, auf dem weiße Schwäne schwammen. Am Ufer stand unter einem Baldachin eine kleine Gruppe Menschen in altertümlichen Gewändern, die Frauen trugen lange Schleier, die Männer Wämser und enge Beinkleider. Abseits stand ein kleiner Mann mit Schellenhut, der auf einen einzelnen über den See ziehenden Schwan deutete. An seiner Hand hielt er eine noch kleinere dickliche Gestalt in gelben Pluderhosen, deren Kopf unter einer großen Kappe mit grüner Feder verborgen war, vielleicht ein Kind, vielleicht ein Zwerg.

Diesermann hatte nie zuvor einen solchen Teppich gesehen. Es war ohnehin kein Teppich, sondern ein Bild, aus Fäden geknüpft.

»Mit Hand gemacht«, sagte der Mann. »Sehr gute Arbeit.«

»Was soll er kosten?«, fragte Diesermann.

»Tausend Euro«, sagte der Mann, aber dann korrigierte er sich: »Zweitausend ist guter Preis.«

»Das ist zu viel«, sagte Diesermann. »Achthundert würde ich zahlen.«

»Zu wenig, viel zu wenig«, sagte der Mann. »Das ist …«, aber dann brach er ab.

Er musterte Diesermann, als würde er ihn erst jetzt zur Kenntnis nehmen. Es war ein genauer, kühler Blick.

»Du bist ein dummer Mann«, sagte er, rollte den Teppich zusammen, hob ihn auf und verließ den Laden.

Diesermann blieb eine Weile in einem der Landhaussessel sitzen, dann stand er auf und verschloss die Ladentür. Er ging zur Voliere, wo die Aras nebeneinander auf der Querstange saßen. Der kleinere blaue schmiegte sich an den Größeren, der seinen Kopf nach unten zu ihm neigte. Als Diesermann in den Käfig griff, um den Wasserbehälter auszutauschen, rückten sie, so weit es die Breite der Sitzstange erlaubte, von ihm ab. Er brachte ihnen frisches Wasser, dann stellte er sich vor den Käfig. Gelegentlich ließ er abends die Tür der Voliere offen stehen, doch morgens fand er die Vögel immer im Käfig vor. Nur einmal entdeckte er einen Kothaufen in der Landhausabteilung, der verriet, dass sie die Voliere verließen.

An diesem Abend verpasste Diesermann knapp den Bus.

Es regnete, aber die beiden Frauen, die auf der Bank des Wartehäuschens saßen, verteilten ihre Einkaufstaschen so weiträumig neben sich, dass Diesermann erst gar nicht nach einem Platz fragte. Er stellte sich neben das Häuschen unter einen Kastanienbaum, doch dessen spärliches Laub hielt den Regen nicht ab.

Endlich fuhr der Bus ein. Den Frauen mit den Einkaufstaschen gelang es, noch vor ihm einzusteigen. Diesermann hätte sie schlagen können, ihre unbeeindruckbaren, dicklichen Rücken. Er fragte sich, mit welcher Kraft sie sich bei einem Schiffsunglück ins Rettungsboot drängen würden, wenn ihnen bereits die halbe Minute, die sie vor ihm im warmen Bus verbrachten, so viel Einsatz wert war. Man muss keine schweren Verbrechen sehen, um an der Welt zu zweifeln, dachte er. Es genügt, in den Bus einzusteigen.

Diesermann ging nach hinten durch. Auf der letzten Bank links sah er den Mann sitzen, der mit den Haaren wackeln konnte. Er zog sich gerade den Parka aus, wobei die Ärmel seines Pullovers hochrutschten. Über die gesamte Länge seines rechten Unterarms liefen die tätowierten Umrisse vom Kopf und Oberkörper einer fülligen, älteren Frau, die einen Haarknoten und eine dicke Brille trug. Der Mann bemerkte Diesermanns Blick, zog ein abgewetztes Lederportemonnaie aus seiner Hosentasche und entnahm ihm ein in der Mitte geknicktes Foto.

»Das sind meine Eltern«, sagte er und reichte Diesermann das Foto. »Sind sie nicht gut getroffen?«

Diesermann betrachtete die Fotografie. Die füllige Frau saß auf einem flaschengrünen Sofa.

»Hier ist mein Vater. Es war zu eng für beide«, sagte der Parka-Mann und zog den Ärmel an seinem linken Arm hinauf. Dort saß ein schmaler Mann mit einem fedrigen Haarkranz auf dem grünen Sofa.

»Es tat wirklich weh, aber so kann ich sie küssen«, sagte

der Parka-Mann, hob den rechten Arm und küsste den Haarknoten der Mutter.

Diesermann warf einen Blick auf den linken Arm. Er meinte, eine Art Beule auf dem Bauch des Vaters zu entdecken. Er sah genauer hin. Es war ein umrandeter Kreis, vielleicht ein Bilderrahmen, in dessen Mitte er einen winzigen, schrumpeligen Kopf zu sehen glaubte.

»Was ist in dem Kreis?«, fragte er.

»Das ist mein Onkel«, sagte der Parka-Mann.

»Was war mit ihm?«

»Sie haben ihn vergessen«, antwortete der Parka-Mann, »und dann war es zu spät.«

Der Bus hielt.

»Meine Station«, rief der Parka-Mann, sprang auf und stieg aus. Als der Bus mit Diesermann an ihm vorüberfuhr, tippte er kurz an sein Drahtbürstenhaar, als salutierte er.

Am ersten Wochenende nach seiner Anstellung bei den Leitmeyers war Diesermann in den Park gegangen, um zu joggen, aber er hatte schnell gemerkt, dass seine Gedanken sich dem Februartag näherten, und es aufgegeben. Ich könnte so tun, als hätte es ihn nie gegeben, hatte er einmal gedacht, niemand würde mich daran hindern. Aber jemand hätte ihn auf diese Spur setzen müssen wie ein Riese, der ein Spielzug auf ein anderes Gleis setzt, und das geschah nicht.

Statt zu joggen, ging Diesermann an den Sonntagen durch die Einkaufspassagen der Stadt, die trotz geschlossener Läden voller Leute waren. Er betrachtete die Schaufenster, Brotmesser für hundertzwanzig Euro, Hautcremes für achtzig Euro, Lampen für siebenhundert Euro, als er in seinem Rücken einen Hund kläffen hörte.

Er wandte sich um und sah einen Mann mit Schellenhut

und Pluderhosen den Bürgersteig entlanggehen. Der Mann streute Brotkrumen vor sich hin, die er aus einem Beutel an seinem Handgelenk zog.

Drei Schritte hinter ihm ging eine kleinere Gestalt mit Federhut, die ein Tier aus Pappe zog, leuchtend rot, vielleicht ein Hund oder ein Schaf, das auf Rollen stand. Die Leute machten dem Zug Platz, ohne sich weiter um ihn zu kümmern, nur Diesermann sah ihm hinterher.

Plötzlich blieben die beiden stehen, die kleine Gestalt sagte etwas Unhörbares zu der Größeren und zeigte in Diesermanns Richtung. Diesermann konnte ihren Gesichtsausdruck nicht erkennen, und während er überlegte, ihnen hinterherzugehen, rempelte ihn jemand so heftig an, dass er das Gleichgewicht verlor.

Als er sich aufrappelte, waren die beiden verschwunden.

Es wurde immer früher dunkel, und die Tage wurden empfindlich kalt. Diesermann saß in der Landhausabteilung und löste ein Kreuzworträtsel, als er die Ladentür aufgehen hörte.

Er ging hinüber und traf auf eine mollige Frau in einem Cape und mit einem turbanförmigen Hut auf dem Kopf, die einen jener hochgebauten Kinderwagen über die Schwelle schob, in dem der Säugling wie auf einem Thron zu schweben schien.

Der Säugling war ebenfalls mollig, mit mehrfachem Kinn und gleichmütigem Blick. Die Frau betrachtete Diesermann ohne Überraschung.

»Sie müssen die Vertretung sein«, sagte sie und reichte ihm die Hand. »Ich bin Frau Leitmeyer.«

»Angenehm«, sagte Diesermann. Dann schwieg er und

betrachtete den Säugling, der ihn musterte, bis Diesermann den Blick abwandte. Das Kind hatte geschlossene Augen gehabt.

»Fühlen Sie sich wohl bei uns?«, fragte Frau Leitmeyer.

Diesermann war auf die Frage nicht vorbereitet.

»Bestimmt«, sagte er.

Frau Leitmeyer betrachtete ihn forschend.

»Ich will ein paar Kissen mitnehmen«, sagte sie. »Man sitzt jetzt doch mehr mit dem Kind.«

Sie nahm den Säugling aus dem Wagen. Er gab einen gurgelnden Laut von sich und legte dann seinen Kopf auf ihrer Schulter ab.

Diesermann hörte hinter sich ein Geräusch, das er nie zuvor gehört hatte. Es klang wie eine rostige Glocke, die lange nicht geläutet worden war. Er glaubte eine Melodie zu erkennen, »Schlaf, Kindlein schlaf«, und als er sich umwandte, sah er, dass sich der kleinere der beiden Aras von innen an die Käfigtür gekrallt hatte und sang.

Er folgte Frau Leitmeyer zur Landhausabteilung, wo sie drei Kissen von einem Kanapee nahm und auf den Kinderwagen legte.

»Kommen Sie zum Lesen?«, fragte sie.

»Ich löse eher Kreuzworträtsel«, antwortete Diesermann, und während er es sagte, erschien es ihm ungeschickt. »Wenn nichts zu tun ist«, fügte er hinzu.

»Viel zu tun ist hier doch selten«, sagte Frau Leitmeyer.

»Wie geht es Ihrer Tochter?«, fragte Diesermann, um Interesse zu zeigen, und auch, um das Thema zu wechseln.

»Es geht«, sagte Frau Leitmeyer. »Sie hat es nicht so mit Babys.« Und dann fügte sie hinzu, ohne dass er etwas geantwortet hatte: »Wie soll man es auch vorher wissen?«

Auf dem Nachhauseweg lief Diesermann noch eine

Runde durch die Innenstadt. Es war besser für ihn, in Bewegung zu bleiben, statt in der Wohnung zu sitzen. Diesermann ging bis zum Marktplatz, dann bog er links ab und stand vor einer Zoohandlung.

Hereinspaziert stand auf einem großen Leuchtpfeil, der im Fenster hing, und in der Auslage waren kleine Holzhäuschen aufgebaut, die mit bunten Lichtern geschmückt waren. *Wahrsagerin Lola* stand an einem, *Echte Magie* an einem anderen, es gab ein kniehohes Karussell, ein Riesenrad und eine Schiffschaukel.

In der Schiffschaukel saß reglos ein weiß-braunes Meerschweinchen, als fürchtete es abzustürzen, und im Haus der Wahrsagerin mümmelte ein weißes Kaninchen an einem Heubüschel.

Diesermann blieb eine Weile vor dem Schaufenster stehen, aber kein weiteres Tier kam zum Vorschein. Das Meerschweinchen ließ sich schließlich von der Schiffschaukel herunter und verschwand im Nachbarhaus der Wahrsagerin.

Diesermann wandte sich ab und ging weiter die Fußgängerzone hinunter. Im Vorbeigehen sah er einen Infokasten, in dem auf einem Aushang eine Putte abgebildet war, die ein Herz in den Armen hielt.

Selbsthilfegruppe für verwaiste Eltern war die Überschrift.

Diesermann lief zurück bis zur Bushaltestelle und ging in den Kiosk gegenüber. Er kaufte fünf Bier und fünf Schnäpse.

»Da hast du noch was vor«, sagte die Frau an der Kasse munter, während er schweigend die Flaschen in einer Tüte verstaute.

Zwei der Schnäpse trank er noch an der Bushaltestelle,

dann ging er zurück zur Zoohandlung. Der Pfeil blinkte noch immer, aber weder das Kaninchen noch das Meerschweinchen waren zu sehen.

Diesermann setzte sich auf die Stufe zum Eingang und trank die übrigen Schnäpse. Zu Beginn mischte er sie mit dem Bier. Als seine Hand zu unsicher wurde, trank er im Wechsel. Irgendwann kippte er zur Seite, und als er Schritte hörte, die sich näherten, fehlte ihm die Kraft, sich aufzurichten.

»Dummer Mann«, murmelte eine Stimme über ihm.

»Dummer Mann«, wiederholte sie, es wurde zu einem Gesang, der sich allmählich entfernte.

Er erwachte am frühen Morgen und setzte sich mühsam auf. Sein Kopf schmerzte so, dass er den Versuch aufzustehen aufgab und sitzen blieb. Seine Jacke war mit Erbrochenem bedeckt. Er versuchte, sich zurück in den Hauseingang zu schieben.

Da hörte er, wie sich die Haustür hinter seinem Rücken öffnete, und er zog den Kopf ein wie ein Kind, das glaubt, unentdeckt bleiben zu können.

»Muss doch nicht sein«, hörte er eine Stimme.

Dann sah er den Kopf des Parka-Manns über sich.

»So kommst du nicht nach Hause«, sagte der Parka-Mann. »Ich rufe ein Taxi.«

Er telefonierte, dann stellte er sich vor Diesermann.

»Ich muss los«, sagte er.

Es war nicht ersichtlich, ob er Diesermann wiedererkannte.

»Wird wieder«, sagte er und klopfte ihm vorsichtig auf die Schulter, so wie man einem sehr alten und sehr zarten Menschen auf die Schulter klopfen würde.

Diesermann sah ihn weggehen, staksig und in Cowboystiefeln, die viel zu groß an seinem kleinen Körper wirkten.

Diesermann wachte erst am Nachmittag auf. Er rief bei Herrn Leitmeyer an, um sich krankzumelden.

»Es tut mir leid«, sagte er, »ich hatte heute Morgen einen Unfall, ich kann mich erst jetzt melden.«

»Das tut mir leid für Sie«, sagte Leitmeyer. »Schauen Sie, dass Sie wieder auf die Beine kommen.«

Als Diesermann sich am übernächsten Tag auf den Weg zur Arbeit machte, fiel Eisregen.

Aus dem Busfenster heraus sah er, wie die Leute sich langsam auf dem Bürgersteig vortasteten. Sie suchten Halt an Hauswänden, Geländern und Zäunen, aber nicht aneinander.

Er sah eine dicke große Frau, die ihn an ein Spielzeug erinnerte, das er als Kind gehabt hatte, einen Schneemann, der sich wie ein Betrunkener um die eigene Achse drehte, wenn man ihn anstieß.

Als der Dekorateur am Nachmittag in den Laden kam, dämmerte es bereits. Er trug einen dunkelbraunen Ledermantel und eine gleichfarbige Mütze.

»Nun ist Schluss mit der Menagerie«, rief er und klopfte Diesermann auf die Schulter. »Es wird Weihnachten, und niemand möchte sich mit so ungemütlichen Tieren wie Schlangen beschäftigen.«

»Was kommt als Nächstes?«, fragte Diesermann, der den Moment hinauszögern wollte, in dem der Dekorateur die Gummischlangen entdeckte.

»Ein Märchen«, sagte der Dekorateur. »Endlich etwas, das gut ausgeht.«

Er zog einen Skizzenblock aus seiner Tasche. Auf dem obersten Blatt war eine Gestalt in einem weißen Hemd zu sehen, dessen Saum sie mit beiden Händen nach oben hob. Aus einem nachtblauen Himmel fielen ihr Geschirr, Lampen, Kissen und in Glanzpapier eingeschlagene Schächtelchen entgegen.

»Wobei«, meinte der Dekorateur, »gut ausgehen tut es nur für die Guten, aber damit lässt sich ja leben.«

»Meinen Sie, ich könnte die Schlangen kaufen?«, sagte Diesermann in einer plötzlichen Eingebung.

»Mögen Sie die etwa?«, fragte der Dekorateur.

»Sie sind so still«, antwortete Diesermann, dem nichts anderes einfiel.

Der Dekorateur hatte sich bereits seiner Tasche zugewandt, aus der er ein Maßband zog.

»Warum sollte es nicht gehen?«, sagte er. »Die Tierhandlung wird froh sein, wenn sie die Viecher verkauft.«

»Märchen«, fuhr er fort, »sind unfassbar unterschätzt. Immer nur Schneewittchen und Aschenputtel, dabei gibt es da viel mehr zu holen.«

Ein Freund hatte dem Dekorateur kürzlich ein Märchen von einer Ringelnatter herausgesucht.

»Ganz kurz, ganz knackig«, sagte der Dekorateur und erzählte es Diesermann.

Eine Ringelnatter habe immer mit einem Kind Milch aus einer gemeinsamen Schüssel getrunken und dazu Brotbröckchen gegessen. Die Natter habe dem Kind als Dank kleine Schätze gebracht, Perlen und Spielzeug. Eines Tages habe die Schlange nicht essen wollen, sodass das Kind ihr mit dem Löffel auf den Kopf klopfte, um sie zu ermahnen. Das habe die Mutter gesehen, sei herbeigekommen und habe die Schlange mit einem Holzscheit erschlagen. Daraufhin habe das Kind so lange nichts mehr gegessen, bis es gestorben sei.

»Das ist nicht nur heiteitei«, sagte der Dekorateur. »Aber für ein Schaufenster ein bisschen viel gewollt.«

»Es geht für die Guten doch gar nicht gut aus«, sagte Diesermann.

»Das stimmt«, meinte der Dekorateur und zog die Augenbrauen hoch. »Vermutlich kennt es deswegen kein Mensch.«

Als er sich verabschiedete, hielt er in der rechten Hand den Käfig mit den beiden Aras, die still und dicht aneinandergeschmiegt auf der Stange saßen.

»Time to say goodbye«, sagte der Dekorateur. »Bald geht das Märchen weiter.«

In der folgenden Nacht träumte Diesermann einen langen, sonderbaren Traum. Noch im Schlaf dachte er: Wie merkwürdig, was machen sie hier?

Er träumte, dass er am Schaufenster der Tierhandlung vorüberging, doch statt des Kaninchens saß Frau Leitmeyer im Haus der Wahrsagerin, sie trug Hasenohren und lachte, und in der Schiffschaukel wiegte sich der Parka-Mann, der mit einer einladenden Geste auf den gegenüberliegenden Platz wies.

Diesermann stieg ein, und der Parka-Mann gab der Schaukel Schwung, sodass sie hoch über den Jahrmarkt stiegen, weit über die Buden und nur von fern hörte er eine Drehorgel spielen.

Der Parka-Mann trug ein kariertes Flanellhemd, dessen Ärmel er hochgekrempelt hatte, sodass die Tätowierung auf seinem Arm gut zu sehen war.

»Willst du nicht wissen, was mit meinem Onkel war?«, rief er.

»Nein«, rief Diesermann, »ich will es nicht.«

»Sie haben ihn der Nachbarin anvertraut«, sagte der Parka-Mann, als hätte er ihn nicht gehört. »Aber die Nachbarin ist verreist, und ihr Bruder war so betrunken, dass er ihn vergessen hat.«

»Ich muss weiter«, rief Diesermann. »Sie warten auf mich.«

Der Parka-Mann lächelte und tätschelte ihm die Wange.

»Ach Junge«, sagte er, dann verlangsamte er die Schaukel und Diesermann stieg hastig aus.

»Wer die Zukunft kennt, ist frei«, hörte er Frau Leitmeyers Stimme in einem tiefen Singsang. Sie war in ein weites Seidengewand gehüllt und hatte die Hasenohren neben sich auf einen Stuhl gelegt, stattdessen trug sie einen Turban in einem dunklen Grünton auf ihrem Kopf.

»Nur hereinspaziert«, rief Frau Leitmeyer ihm zu, »ich beiße nicht«, und deutete auf einen Stuhl neben sich.

Diesermann setzte sich zögerlich.

Frau Leitmeyer nahm seine Hand fest in ihre. Sie betrachtete sie lange, dann sah sie auf in sein Gesicht und fragte: »Was ist Ihr Problem, junger Mann?«

»Ich bin wegen der Zukunft hier«, sagte Diesermann abwehrend.

»Weiß ich doch, weiß ich doch«, murmelte Frau Leitmeyer. »Aber das eine ist das Huhn und das andere das Ei. Sieh selbst.«

Sie wies mit der Hand zur Seite.

Auf einem kleinen Tisch an der Wand saß ein großes braunes Huhn mit geschlossenen Augen in einem Korb. Es hatte den Kopf zur Seite geneigt, als schliefe es.

»Geh nur hin«, sagte Frau Leitmeyer, und Diesermann

erhob sich, ging zum Korb, aus dem das Huhn langsam, ohne Anzeichen von Furcht, ausstieg.

Inmitten von Holzwolle lag ein Ei, das bläulich schimmerte. Diesermann nahm es vorsichtig in die Hand, aber während er das tat, verlor es seine Färbung, wurde durchsichtig, und in ihm sah er puppenhausklein eine kleine Siedlung mit roten Backsteinhäusern, in deren Zimmern winzige Menschen saßen. Sie standen in der Küche und kochten, sie sahen fern, sie lagen in der Badewanne, sie stritten sich im Schlafzimmer. Zu hören war nichts. In einem der Häuser waren vor den Fenstern die Vorhänge vorgezogen, doch Diesermann wusste, dass trotz der geschlossenen Fenster und der vorgezogenen Vorhänge Schreie zu hören waren; er wusste, dass jemand in diesem Haus war, der schrie.

Er legte das Ei zurück in den Korb und wandte sich um, doch Frau Leitmeyer war nicht mehr zu sehen, nur die Hasenohren lagen noch neben dem Stuhl, auf dem sie gesessen hatte.

Diesermann erwachte mit einem Gefühl von Angst und Erleichterung.

Er verbrachte den Vormittag damit, die Wohnung aufzuräumen und zu säubern, am Nachmittag zog er die Hose und das Hemd an, die er an jenem Februartag getragen hatte. Er ging den Weg zu Fuß. Es nieselte, dann begann es stärker zu regnen, und bald war er vollständig nass.

Als er in die Fußgängerzone einbog, sah er, dass das Schaufenster der Zoohandlung eingeschlagen war, quer über die gesplitterte Scheibe zogen sich schwarze Klebestreifen. Dazwischen konnte man noch einen roten Schriftzug lesen: *Tierquäler stoppen.*

Diesermann ging weiter bis zur Höhe des Infokastens.

Er war zur richtigen Zeit gekommen, ein Paar ging vor ihm den schmalen Kiesweg entlang, der zum Eingang eines Flachbaus führte. Er folgte ihm in den ersten Stock, wo eine kleine Gruppe wartete. Es waren Paare, einzelne Männer und Frauen, junge und ältere, manche im Gespräch, andere standen schweigend daneben. Sie hätten auch vor einer Kinokasse oder einem Tierpark warten können, dachte Diesermann überrascht und wusste selber nicht, was er erwartet hatte.

Er setzte sich an den Rand auf eine Bank im Flur.

»Sie sind heute zum ersten Mal da?«, fragte ein fülliger Mann mit Vollbart.

»Ja, das bin ich«, antwortete Diesermann und versuchte zugleich freundlich und abweisend zu wirken.

Kurz darauf erschien eine große Frau mit vollem dunklem Haar, das teils hochstand. Sie sah aus wie eine struppige Eule.

»Guten Abend«, sagte die Eulen-Frau, nachdem sich die Männer und Frauen im Stuhlkreis gesetzt hatten. »Schön, dass ihr da seid.«

Sie wandte sich in Diesermanns Richtung.

»Ich sehe ein neues Gesicht«, sagte sie. »Herzlich willkommen. Mein Name ist Maria, und ich begleite die Gruppe. Sie können gern ein paar Worte über sich sagen – müssen aber nicht.«

Diesermann erhob sich.

»Entschuldigung«, sagte er, »ich weiß nicht«, dann brach er ab.

Niemand sagte etwas. Diesermann setzte noch einmal an.

»Ich weiß nicht«, rief er, viel lauter, als es notwendig gewesen wäre.

Dann lief er aus dem Raum, die Treppe hinunter, die Straße bis zum Marktplatz, eine Allee entlang. Er durchquerte einen Park, erreichte eine große Kreuzung, an deren Ampel er kurz zögerte. In diesem Moment nahm jemand seine Hand. Er sah nach unten. Es war die kleine Gestalt. Sie trug wieder die Kappe mit dem Federhut, aber nun wandte sie ihm das Gesicht zu und sah ihn forschend an. Dann drückte sie seine Hand, und so machten sie den Schritt genau zur gleichen Zeit, noch einen, und dann brauchte er noch einen weiteren, und es war vorbei.

Eingaben und Beschwerden

Kurt Rebstock sah die Gestalten, als er sich aufrichtete, um die Nachttischlampe auszuschalten. Sie hatten sich um den Schrank in der gegenüberliegenden Zimmerecke versammelt, eine dunkle Masse, die sich sachte hin und her wiegte. Es war kurz vor Mitternacht, und es gab keinen Grund für irgendjemanden, sich in Kurt Rebstocks Schlafzimmer zu versammeln. Rebstock hatte eine Stunde vorher seine Schlaftablette genommen, die ihn wie einen Brief auf der Sortiermaschine in den Schlaf kippte, und war zu dämmrig, um aufzustehen.

»Kommen Sie doch morgen wieder«, sagte er und hob unbestimmt die Hand Richtung Tür. »Gerade passt es nicht.«

Dann schlief er ein.

Am nächsten Tag erwachte er noch früher als sonst, es dämmerte, als er sich zum Frühstück in die Küche setzte. Er las dabei in dem Buch, das er in der Universitätsbibliothek ausgeliehen hatte, eine Studie über das logistische System der Dabbawallas, der Essenszusteller in Mumbai. Kurt Rebstock war fasziniert von der Tatsache, dass es Analphabeten waren, die in dieser Stadt mit mehr als zwanzig Millionen Einwohnern die Adressen fanden, mithilfe von Codes aus Zahlen, Buchstaben und Farben. Er las vom Stolz der Dabbawallas auf ihre Arbeit, dem Bewusstsein ihrer Bedeutung als Ernährer der Stadt. Es beeindruckte ihn, dass sie einen Perfektionsgrad von 99,9 Prozent erreichten. Er dachte an den Zettel, der an der Pinnwand im Eingang seines Zustellzentrums hing: *Eingaben und Beschwerden zu Problemen mit der Briefpost.* Darunter folgte eine lange Erklärung des Vorstands, dass man hart daran arbeite, die Post zu sein, die die Kundinnen und Kunden zu recht erwarteten.

Who cares hatte jemand danebengekritzelt.

»Ich« hatte Kurt Rebstock darunterschreiben wollen, aber dann war er unsicher geworden und hatte es gelassen.

Er arbeitete seit fünfundvierzig Jahren bei der Post, und ihm war bewusst, dass er ein Relikt war. Am Tag, an dem die Telegramme abgeschafft wurden, war er der Einzige in seinem Bezirk gewesen, der ihr Verschwinden bedauerte, und der Einzige, der selbst einmal welche überbracht hatte.

Dabei hatten seine Telegramm-Übergaben nie die Dramatik gehabt, die sie in Romanen hatten. Nie war jemand ohnmächtig geworden oder hatte auch nur geweint. Nur einmal hatte ihn ein weißhaariger Herr in eine Wohnung voller Bücher gebeten. Er hatte den Umschlag geöffnet und gerufen: »Der zweite thermodynamische Hauptsatz!« Dann wandte er sich an Rebstock und sagte: »Mein Bruder glaubt, den zweiten thermodynamischen Hauptsatz widerlegt zu haben.«

Er hatte Rebstock einen Kaffee angeboten und ihm von seinem Bruder erzählt, der Ingenieur war und in seinem Haus ein Labor eingerichtet hatte mit Schläuchen, Kabeln und Fallschächten, die durch alle Etagen wucherten. Die Fachwelt interessierte sich nicht für seine Forschung, doch der Ingenieur rechnete trotzdem mit dem Nobelpreis für seine Arbeit.

»Er ist eine harte Nuss«, sagte der weißhaarige Herr,

und es war für Kurt Rebstock nicht herauszuhören, ob Anerkennung darin lag oder Mitleid. »Ich selbst war Geschichtslehrer«, sagte er. »Vielleicht interessiert Sie mein Aufsatz über die Geschichte des Feuertelegraphen.« Er gab Kurt Rebstock eine kleine Broschüre in hellem Gelb, auf der vorne eine Fackel abgebildet war.

Seit diesem Tag hoffte Rebstock auf weitere Telegramme für den weißhaarigen Herrn, aber es kamen keine, es kamen nicht einmal Briefe, und als er ein Jahr später einen schwarz umrandeten Brief einwerfen wollte, stand ein neuer Name auf dem Briefkasten.

Die Telegramme waren verschwunden, die Briefe mit handgeschriebenen Adressaten rar geworden, selbst die Urlaubspostkarten wurden seltener. Kurt Rebstock trug vor allem Werbekataloge aus, Rechnungen und Behördenbriefe. Er schätzte die Rechnungen und Behördenbriefe nicht gering, aber das, was er verteilte, hatte an Farbe verloren. Er hatte nur noch selten das Gefühl, für etwas Zerbrechliches verantwortlich zu sein, ein Gespräch zwischen Menschen, das ohne sein Zutun verstummen würde.

Heute steckten in seiner Tasche noch vier Autokataloge, auf denen *Du hast es verdient* geschrieben stand, und daneben war ein Auto abgebildet, so bullig wie ein Panzer. Kurt Rebstock war kein Freund dieser Autos, aber er erinnerte sich an das, was sein erster Vorgesetzter bei der Post gesagt hatte: »Jede Sendung hat das gleiche Anrecht darauf, von uns zugestellt zu werden.« Zur Anschauung hatte er eine zerknitterte Werbepostkarte für Regenschirme in die Höhe gehalten.

Es war ein mühsamer Tag zum Postaustragen, denn es regnete unaufhörlich, und auf einigen Katalogen waren die Adressen so klein gedruckt, dass Rebstock sie kaum entziffern konnte. Als er in seinen letzten Straßenzug einbog, sah er in einiger Entfernung eine Gestalt. Eigentlich war es eher ein Schemen, dessen Kopf weißlich leuchtete. Kurt Rebstock glaubte für einen Moment, den Telegramm-Mann zu erkennen, und rief: »Hallo, guten Tag«, aber niemand wandte sich zu ihm um.

Am nächsten Morgen hatte er um elf Uhr einen arbeitsmedizinischen Termin bei der Augenärztin. Sie hatte ihre Praxis in einem verspiegelten Neubau mit einem Empfangstresen, der Kurt Rebstock an ein Hotel erinnerte. Die Ärztin hieß Dr. Malinkowski, sie trug einen blonden Bob und braune Lederslipper zu ihrem weißen Kittel. Kurt Rebstock mochte sie nicht. Er nahm ihr übel, dass sie ihm zur Begrüßung nicht die Hand gab und ihn regelmäßig darauf hinwies, dass die Untersuchungen, die die Krankenkasse bezahlte, nur das Allernotwendigste abdeckten.

»Eine tiefergehende Prüfung wäre natürlich gut, aber die müssten Sie selbst zahlen«, sagte sie nach den Tests und ging rasch zum nächsten Patienten.

Während Kurt Rebstock um elf Uhr auf dem Behandlungsstuhl wartete, betrachtete er das Foto, das im Regal zwischen zwei augenärztlichen Handbüchern stand. Es zeigte eine jüngere Dr. Malinkowski, die lächelnd den Arm um zwei blonde Kinder legte. Sie stand neben einem großen Mann in Polohemd, an dessen Schulter sie sich lehnte.

Das Foto muss zehn Jahre alt sein, dachte Kurt Rebstock. Warum wollte sie keines aus der Gegenwart? Während er darüber nachdachte, kam Dr. Malinkowski herein.

»Sie sind zur betriebsärztlichen Untersuchung da«, sagte sie, während sie seine Daten im Computer aufrief. »Haben Sie eine Veränderung Ihrer Sehkraft bemerkt?«

»Nein«, sagte Kurt Rebstock, und während er es sagte, fielen ihm die Adressen auf den Katalogen ein, die er kaum hatte entziffern können. Wenn es wichtig ist, wird sie es merken, dachte er und sah in Richtung der Wand, auf die Dr. Malinkowski die Buchstaben und Zahlen für den Sehtest projizierte. Zu seiner Überraschung standen dort drei Gestalten, aneinandergedrängt wie Schafe bei Gewitter. Sie waren nur undeutlich zu erkennen, zwei große, die eine kleinere zwischen sich an der Hand hielten.

Es sind nicht diejenigen, die im Schlafzimmer waren, dachte Kurt Rebstock.

Ihm war bewusst, dass es unwahrscheinlich war, dass sich drei weitere Personen im Behandlungszimmer aufhielten, zumal Dr. Malinkowski sie nicht zu bemerken schien. Zugleich sah er sie, undeutlich zwar, aber zweifelsfrei.

Kurt Rebstock entschied sich zu schweigen. Er las die Buchstaben- und Zahlenreihen, die ihm Dr. Malinkowski präsentierte. Doch schon bei der dritten stockte er. Aus den Augenwinkeln nahm er wahr, dass die Gestalten Zeichen mit ihren Händen formten, als wollten sie ihm vorsagen, aber ihre Umrisse waren zu verschwommen, als dass es geholfen hätte.

»Sie sehen deutlich schlechter. Das ist in Ihrem Alter aber auch nicht ungewöhnlich«, meinte Dr. Malinkowski. »Bei einem Elektroretinogramm könnte ich mehr sehen.« Sie stellte ein Brillenrezept für ihn aus. »Das ist allerdings keine Kassenleistung.«

»Ich werde darüber nachdenken«, antwortete Kurt Rebstock ausweichend. Er sah, dass sich die Gestalten vor das Regal gestellt hatten, sie schienen sich Dr. Malinkowskis Familienfoto anzusehen.

»Das ist ein Bild von früher«, sagte Kurt Rebstock in Richtung der Gestalten. »Vielleicht ging es ihr da besser.«

»Ist noch etwas?«, fragte Dr. Malinkowski.

»Nein«, sagte Kurt Rebstock.

Am nächsten Tag kam er schnell durch mit dem Austragen. In der letzten Straße sah er einen Möbelwagen, aus dem die Träger gerade eine riesige Voliere in den Flur eines Rotklinkerhauses wuchteten. Es hatte eine Zeit gegeben, in der Kurt Rebstock sich vorgestellt hatte, wenn neue Mieter in seinen Zustellbezirk zogen.

»Die Post muss ein Gesicht haben«, hatte sein erster Chef gesagt.

Aber die Postkunden schienen keinen Wert mehr darauf zu legen, das Gesicht der Post zu kennen. Der letzte Kunde, den Kurt Rebstock deshalb aufgesucht hatte, hatte ihn misstrauisch gemustert und gefragt: »Wollen Sie jetzt Trinkgeld, oder was?« Danach hatte sich Rebstock nicht mehr vorgestellt.

Auf dem Rückweg sah Rebstock an einer Ampel seine Kollegin Rita Göpel stehen. Sie brauchte doppelt so lange wie die anderen für ihre Runde, weil sie schon morgens betrunken war.

Sie war klein und schmal und sah in der Postuniform so aus, als hätte sich ein Kind verkleidet. Bevor sie zur Post gekommen war, hatte sie als Polizistin gearbeitet, und manchmal erzählte sie, wie sie rasende Poser-Autos gestoppt oder verfeindete Nachbarn befriedet hatte. Sie lachte, und es klang wie ein großer Spaß, aber am nächsten Tag war sie stumm und in sich gekehrt, als hätte man ein Licht ausgeschaltet. Einmal hatte sie die Post auf Inlineskatern ausgetragen, aber die Abteilungsleiterin für Arbeitssicherheit untersagte es ihr noch am selben Tag.

Es war bei der Post bekannt, dass Rita Göpel regelmäßig betrunken war, doch sie konnte sich auf ihrem Rad halten und hatte kein einziges Mal einen Brief falsch zugestellt. Kurt Rebstock hatte auf dem Gang mitgehört, wie die Personalchefin ihr geraten hatte: »Machen Sie Schritt für Schritt.«

Tatsächlich waren zumindest nach außen hin keine Schritte auf Rita Göpels Seite wahrnehmbar. Der Grad ihrer Trunkenheit und die Überlänge ihrer Zustellrunde blieben unvermindert. Kurt Rebstock fragte sich, ob er als Kollege verpflichtet sei, Rita Göpel auf die Trunkenheit anzusprechen. Aber er fühlte sich ihr zu wenig nah und fürchtete sich vor einer Antwort, die seine Hilfe erfordert hätte.

Rebstock dachte an Erich Moser, den er vor einigen Jahren auf dem Kongress des europäischen Post- und Fernmeldepersonals kennengelernt hatte. Moser war Postzusteller in einem kleinen Alpdorf und hatte nur einen Arm. Das sei beim Zustellen der Post kein Problem, sagte er. Die Arbeit sei eher gemächlich, nur Ostern und Weihnachten seien herausfordernd wegen der vielen Grußkarten. Dann half ihm sein jüngerer Bruder. Der Bruder bewirtschaftete den halb verfallenen Hof der Eltern, es fehlte ihm an Geld, an Arbeitskräften, an allem.

»Aber Robert ist eine Frohnatur«, sagte Moser. Vor den Festtagen kam Robert nach dem ersten Melken direkt zur Post und half, die Briefe und Karten auszutragen. Er trug dann Erich Mosers Postmütze, damit die Leute nicht sofort sahen, dass ein Fremder die Post verteilte.

»Und ich kann auch mit einem Arm das Heu rechen«, sagte Moser und zeigte Kurt Rebstock, wie er es machte.

Kurt Rebstock und Erich Moser tauschten ihre Adressen aus und begannen, sich zu schreiben. Erst waren es

Postkarten, dann wurden es Briefe. Sie schrieben sich, was sie gerade lasen, sie tauschten sich über den Verfall der Post aus, aber auch über die Schwierigkeiten der europäischen Einigung. Erich Moser war Kurt Rebstocks engster Freund. Gelegentlich fragte Rebstock sich, ob das sonderbar war, schließlich hatten sie sich nur einmal gesehen, aber dann sagte er sich, dass Briefe auch eine Art waren, sich zu treffen.

Die Gestalten sah er eine Weile nicht. Er vermisste sie, obwohl ihm bewusst war, dass man ihr Erscheinen auch als Hinweis auf ein Augenproblem deuten konnte. Aber wer bestimmt, wie ich es deute, sagte er sich und schloss die Internetseite des augenärztlichen Bundesverbands, die er aufgerufen hatte.

Abends im Bett wollte er weiter in der Studie über die Dabbawallas lesen, als er einen Schemen am Ende seines Bettes wahrnahm. Er sah aus wie ein Staubsauger, ein Kasten mit einer rohrförmigen Ausbuchtung, und Rebstock war enttäuscht. Es sollten schon Menschen sein, dachte er und wandte sich der Studie zu. Doch das Lesen war so mühsam, dass er sie beiseitelegte. Als er das nächste Mal aufsah, war der Staubsauger verschwunden.

An seinem freien Tag ging Kurt Rebstock spazieren und kehrte erst um, als es zu regnen begann. Er stellte sich auf den Fußgängerstreifen in einer Eisenbahnunterführung, die voller Graffiti und Tauben war. Die Tauben nisteten auf den Vorsprüngen der Mauern, und unten drängten sich ein paar von ihnen, die zu matt wirkten, um davonzufliegen. Kurt Rebstock waren ein paarmal ausgestreute Körner am Eingang des Tunnels aufgefallen, und er hatte sich gefragt, wer sie verteilte, denn zwei Meter weiter stand ein großes Schild: *Tauben füttern verboten.*

Er sah, wie eine Frau in den Tunnel einbog, die zwei Körbe trug. Als sie näherkam, sah er, dass es Katzentransportboxen waren. Die Frau beugte sich zu einer der Tauben, die sich an die Wand drängten, hob sie vorsichtig auf und setzte sie in die Box. Sie sammelte noch eine weitere Taube ein, dann hob sie die Boxen hoch, als wären sie Reisegepäck, und ging an Kurt Rebstock vorbei zum Ausgang des Tunnels. Es war Dr. Malinkowski, aber sie nahm keinerlei Notiz von ihm. Er schaute ihr überrascht nach, dann ging er nach Hause.

In den nächsten Wochen sah Kurt Rebstock trotz seiner neuen Brille zunehmend schlechter. Er hielt sich die Briefe direkt vor die Augen, aber ausgerechnet die Stellen, auf die er seinen Blick richtete, blieben so verschwommen, als hätte eine unbarmherzige Hand sie ausradiert. Als er vor dem Klinkerhaus stand, in das vor Monaten die Voliere getragen worden war, begann er die Post auf gut Glück in die Briefkästen zu werfen. In dem Moment, in dem Rebstock beim untersten Schlitz angekommen war, öffnete sich die Haustür, und Dr. Malinkowski kam heraus. Auf dem Arm trug sie eine Katzenbox, in der eine Taube saß. Rebstock stutzte, und daraufhin stutzte auch sie.

»Kenne ich Sie?«, fragte sie.

»Ich bin Ihr Patient«, sagte Kurt Rebstock.

»Ich habe so viele Patienten«, sagte Dr. Malinkowski, »da erkenne ich leider nicht alle wieder.«

»Retten Sie Tauben?«, fragte Rebstock und wies auf die Katzenbox.

»So weit es mir möglich ist, ja«, sagte Dr. Malinkowski. »Niemand fühlt sich zuständig, dabei sind sie auf uns angewiesen. Es fängt schon damit an, dass sie auf der Straße nicht die Körner finden, die sie eigentlich bräuchten.«

Die Taube in der Katzenbox steckte ihren Schnabel durch das Gitter, und Dr. Malinkowski unterbrach sich.

»Wir müssen zum Tierarzt«, sagte sie. »Aber wenn Sie sich für Tauben interessieren, können wir uns gern einmal länger unterhalten.«

Als Kurt Rebstock nach Hause kam, fand er einen Brief von Erich Moser vor. Moser hatte einige Wochen nicht geantwortet, obwohl Rebstock ihm mehrmals geschrieben und gefragt hatte, ob es ihm gut gehe und warum er schweige.

Mein Bruder ist plötzlich verstorben, schrieb Moser. *Dabei war er doch jünger als ich. Es ist anders vorgesehen. Ich konnte Dir lange nicht schreiben, weil es zu schmerzhaft war. Mir erscheint die Arbeit nun wie ein Berg, den ich nicht mehr besteigen kann. Ich bin so langsam geworden mit dem Zustellen der Briefe, dass es der Bezirksleitung aufgefallen ist. Jetzt hat man mich frühpensioniert. Vielleicht bedeutet es, dass ich doch einmal zu einem Besuch zu Dir kommen kann.*

Kurt Rebstock fragte sich, ob die Zwangspensionierung eine Erleichterung oder eine Demütigung für Erich Moser gewesen war. Er selbst konnte sich ein Leben ohne Arbeit nicht vorstellen. Als er ins Bett ging, schlug er vorsichtig das Buch zur Tätigkeit der Dabbawallas auf, doch in der Mitte fehlten die Buchstaben. Rebstock sah nichts als ein leeres Quadrat. Er legte das Buch beiseite. Dann schaute er sich um, in der Hoffnung, Gestalten zu entdecken, jemanden, der Anteil genommen hätte, aber es war niemand da.

Am nächsten Morgen brach Rebstock noch früher als sonst zur Arbeit auf. Wenn ich mehr Zeit habe, kann ich die Adressen besser entziffern, dachte er. Doch die Adressfelder auf den Briefen, Katalogen und Versandtaschen blieben genauso leer wie die Buchseite, an der er am Abend zuvor gescheitert war.

Kurt Rebstock fuhr zurück ins Zustellzentrum, zog sich um, packte seine Sachen und steckte die nicht zugestellten Briefe in zwei große Plastiktüten. Im Bus setzte er sich weit nach hinten und stellte die Tüten vor sich auf den Boden.

An der nächsten Haltestelle stieg eine Frau ein, die Rebstock bekannt vorkam. Es war Rita Göpel, aber er erkannte sie erst, als sie sich zu ihm setzte.

»Noch unterwegs?«, fragte sie und sah auf die Tüten.

»Ja«, sagte Kurt Rebstock und verstummte, weil ihm nichts einfiel außer der Tatsache, dass seine Augen sich verselbständigt hatten.

Der Bus hielt so unvermittelt, dass eine Tüte umfiel und sich die Briefe im Bus verteilten. Rita Göpel half Kurt Rebstock, sie einzusammeln. Rebstock hatte das Gefühl, etwas sagen zu müssen und murmelte unbestimmt: »Es ist nur vorübergehend.«

»Ja, das denkt man«, antwortete Rita Göpel, ebenso unbestimmt.

An der nächsten Station stieg sie aus, und er sah sie winken, bis der Bus um die Kurve bog.

Kurt Rebstock meldete sich am nächsten Tag krank und machte sich auf den Weg zu Dr. Malinkowskis Praxis.

»Haben Sie einen Termin?«, fragte die Sprechstundenhilfe.

»Nein«, sagte Kurt Rebstock. »Ich bin ein Notfall.«

Er wartete zwei Stunden, bis ihn Dr. Malinkowski aufrief.

Sie schien ihn nicht wiederzuerkennen, zumindest zeigte sie keine Anzeichen dafür. Sie ließ ihn einen Punkt auf einem Gitterfeld fixieren, dann untersuchte sie seine Netzhaut.

»Es tut mir leid«, sagte sie. »Sie haben eine Makuladegeneration.«

Kurt Rebstock erfuhr, dass es eine trockene und eine feuchte Form der Makuladegeneration gab und dass er Glück habe, die feuchte Variante zu haben.

»Es ist Glück im Unglück«, sagte Dr. Malinkowski mit neuer Freundlichkeit. »Durch Spritzen können wir den Verlust Ihrer Sehkraft bremsen.«

Kurt Rebstock fragte sich, ob die Freundlichkeit seinem Unglück geschuldet war, und während er darüber nachdachte, sah er, dass eine menschengroße graue Taube ihren Flügel über Dr. Malinkowskis Schulter breitete.

»Lassen Sie nicht den Kopf hängen«, sagte Dr. Malinkowski unbeeindruckt und schickte ihn zum Empfang, wo er einen Termin für die erste Spritze vereinbaren sollte. »Die Krankenkasse übernimmt die Kosten für Lupen und Lesegeräte«, sagte sie zum Abschied.

Kurt Rebstock bedankte sich und ging. Als er die Treppe zum Ausgang herabstieg, vorsichtig, weil die Stufen wellenförmig verschwammen, sah er an ihrem Ende zwei Figuren stehen: eine kleine, die Schuhe mit Rollen in der Hand zu halten schien, und eine größere, die einen Rechen und eine Posttasche trug. Sie winkten, und Kurt Rebstock stieg, so schnell es die welligen Stufen erlaubten, zu ihnen herunter.

Dank

Ich danke Sabine Schönfeldt, ohne deren Ermutigung dieses Buch nicht erschienen wäre.

Ich danke meiner Mutter für ihre unerschütterliche Anteilnahme an diesem Projekt.

Ich danke Nico für das unermüdliche Lesen meiner Texte, die Hilfe beim Durchwandern diverser Täler sowie die geteilte Freude an den Höhen.

Ich danke Mieke und Clara für die stetige Erinnerung, dass Ulk ein hohes Gut ist.

Über die Autorin

© Julia Baier

Friederike Gräff, geboren 1972, Autorin und Journalistin, ist Redakteurin bei der taz und lebt in Hamburg. »Kafka müsste lächeln«, hieß es in der Begründung der Jury für den Hamburger Literaturpreis über ihre Texte, für die sie außerdem mit dem Publikumspreis ausgezeichnet wurde. Als Sachbuchautorin hat sie sich mit der Kulturgeschichte des Wartens und dem Thema Schlaf beschäftigt.